KB053994

# 초록이 가득한
# 하루를 보냅니다

# 초록이 가득한 하루를 보냅니다

정재경 지음

생각정거장

프롤로그

# 어제보다 오늘, 한 뼘 더 자랍니다

식물처럼 자기 모습대로 성장하는, 건강한 일상에 관한 이야기를 하고자 한다. 나 역시 식물 킬러일 때가 있었다. 식물을 제대로 키우지 못하니 선물로 받은 식물도 반갑지 않았다. 그러다 미세먼지를 해결하는, 지속가능한 방법을 고민하면서 식물과 함께 살기 시작했다.

식물로부터 본연의 모습대로, 서로 비교하지 않고 균형을 이루며, 그저 매일매일 나만의 속도로 살아가는 방법을 배웠다. 식물은 오늘에 머물지 않고, 어떻게든 성장한다. 때가 되면 싹을 틔우고, 잎을 올리며, 꽃을 피운다. 비바람이 몰아쳐도, 뜨거운 해가 내리 쬐도 묵묵하게 견디며 열매를 맺는다.

일하면서 살림하고, 아이도 돌보는 상황에서 키우게 된 식물이 200개로 늘었다. 내게도 도전의 연속이었다. 어느덧 식물과 함께 산지 40개월이 됐다. 식물이 몸의 건강을 도울 뿐 아니라 마음도 치유했다. 마음의 안정을 찾자 잠들어 있던 창의적인 생각이 떠올랐다. 책을 좋아하고 글쓰기를 즐기는 자아도 찾았다. 나답게 사는 것. 그 방법을 찾고 실천하며 건강한 일상을 보내는 데 식물과 함께 하는 초록 가득한 하루가 도움이 됐다. 식물처럼 내 모습 그대로 조금씩 성장할 때, 행복하다.

아이를 키우는 엄마로, 성장하는 개인으로 균형을 잡으려 안간힘을 썼다. 세상은 나 같은 평범한 사람 한 명, 한 명이 나무가 되어 만드는 숲이다. 몸과 마음과 생각이 건강한 사람으로 존재하려는 노력이 울창한 숲을 이루는 자양분이 된다. 식물처럼 매일매일 성장하고 있다는 믿음이 필요할 때가 많다. '그때 그것도 좀 해볼 걸, 더 열심히 살 걸' 후회하지 않고, '일단 최선을 다했으니 괜찮아, 꽃을 피우는 시기는 다 달라' 생각하는 게 먼저다.

누구나 '나답게 사는 법'을 알고 싶어 한다. 누구를 위해서도 아니고 오로지 나를 위해 노력하는 푸른 일상, 나를 돌보며 사는 법에 관해 이야기했다. 새로운 성장을 이루는 초록 가득한 일상이 어제보다 오늘 한 뼘 더 자라게 하는 밑거름이 되면 좋겠다.

정재경

CONTENTS

프롤로그 — 5 어제보다 오늘, 한 뼘 더 자랍니다

PART 1 — 몸도 마음도 건강해질 시간입니다

13 미세먼지 때문에 시작된 식물과 살기
20 회색 미세먼지 대신 초록생활
26 일상의 풍미를 더하는 '향'
32 숲 같은 우리 집 만들기
38 몸을 부드럽게, 매일 요가
44 필요한 만큼의 체력을 갖기 위하여
50 식물 킬러 탈출 작전
58 통해야 산다, 통기의 중요성

PART 2 — 소신 있는 실천이 보듬는 하루

65 새로운 쓸모를 찾아주는 일
72 자연스럽게, 적당하게
79 적게 사고 다 쓰자
85 이야기가 순환하는 벼룩시장
92 쓰임마저 아름다운 제품
98 '아끼니까 좋은' 라이프스타일

PART 3 ——— 공간은 비우고 마음은 채웁니다

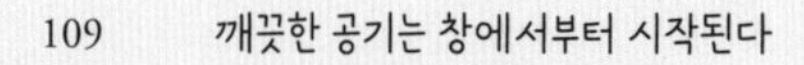


109 깨끗한 공기는 창에서부터 시작된다

116 식물이 깨우는 크리에이티브

122 아름다운 것과 가까워지기

127 하고 싶은 일, 취미의 중요성

133 비워서 생기는 여유

138 좋은 글을 쓰기 위해서

143 생각을 종이로 옮기는 만년필 예찬

149 시간 관리의 기술


PART 4 ——— 함께, 조금씩 자라나는 일


159 식물을 나누는 마음

164 레이어, 층, 밑간의 의미

171 먹고사는 일에 관하여

176 여행을 즐기려면

182 따뜻하게, 여유롭게, 암스테르담

188 문화는 우리 동네에서 시작된다

에필로그 ——— 194 식물 보듯 나를, 우리를 돌보는 일

Part 1

# 몸도 마음도 건강해질 시간입니다

집 안 가득히 채운 식물과 함께 살고 있다.
식물은 산소와 음이온을 뿜어 몸이 건강해지도록 돕는다.
그런데 어느 순간, 마음도 함께 건강해지는 걸 느꼈다.
식물을 돌보는 경험은 심리 치료에 활용되고,
식물의 초록색을 지켜보는 것만으로도 뇌 속 알파파가 증가해 집중력을 키운다.
식물과 친해지면, 몸도 마음도 건강해진다.

# 미세먼지 때문에 시작된 식물과 살기

## 미세먼지에 대처하는 법

'미세먼지'를 처음 들었을 때, '먼지는 예전에도 있었을 텐데, 우리 몸이 먼지 정도는 정화하는 시스템을 갖고 있겠지' 대수롭지 않게 생각했다. 2016년 봄, 아들이 휴지를 흠뻑 적실만큼 많은 코피를 쏟았다. 특별한 이유 없는 코피는 예후가 좋지 않은 질병일 가능성이 있었다. 그 즈음, 나 역시 먼지를 많이 마신 날엔 척추를 기준으로 나뉘는 양쪽 등이 뻐근했다. 그런 날엔 쓰러져 30분 정도 자고 일어나야 일상생활이 가능했다. 기름 냄새가 가득 찬 공장에 하루 종일 서 있거나 담배 연기가 가득한 공간에 오래 머문 뒤의 느낌과 비슷했다. 그때서야 '미세먼지 때문인가?' 싶었다.

바로 공기청정기를 샀다. 창문을 전부 닫고, 공기청정기를 틀면 공기가 금세 깨끗해졌다. 시끄럽게 돌아가던 기계 소음이 조용해지는 것으로 짐작할 수 있다. 그런데, 이상하게 계속 잠이 왔다. 오후가 되면 식구들이 모두 늘어져 자고 있었다. 사람은 호흡을 통해 이산화탄소를 배출하고, 산소를 마신다. 밀폐된 공간은 산소가 들어올 틈이 없으니, 이산화탄소 농도가 굉장히 빠른 속도로 증가한다. 잠이 쏟아지는 것은 산소가 부족하기 때문이다. 생각이 여기까지 미치자, 그럼 이제 산소발생기를 구입해야겠다는 생각이 들었다.

그런데, 내 문제 해결 방식이 이상했다. 문제가 생기면 전자제품 하나를 장만해 플러그를 꽂고, 또 하나를 사는 식이다. 에너지를 덜 써야 미세먼지가 줄어든다. 계속해서 에너지 사용량을 늘리면서 미세먼지를 줄이겠다고 하는 건 모순이다. 에너지를 낭비하지 않고 미세먼지를 줄이는, 지속가능한 방법은 없는 걸까.

아빠 따라 산에 가는 걸 좋아했던 어릴 때 생각이 났다.

아빠는 뒷짐을 지고 앞서 걸었고, 나도 아빠를 따라 올라가며, 슬그머니 뒷짐을 졌다. 나지막한 동네 뒷산이었지만, 올라가면 나도 모르게 크게 숨이 쉬어졌다. 가슴을 가득 채우던 청량한 공기, 나무에서도 풀에서도 심지어 흙에서도 향이 풍겼다. 그 생각이 났다. 집에 숲처럼 나무가 많으면 어떨까.

베란다 없는 집에서 식물을 화분에 담아 숲처럼 만드는 게 가능한 일인지 확실하지 않았다. 문헌 조사를 아무리 해봐도 집안에 식물을 가득 키워 미세먼지를 관리했다는 이야기는 찾을 수 없었다. 식물을 그렇게 많이 키워본 경험은 없어서 망설여지기도 했고, 해충도 신경 쓰였고, 잘못 키워 죽으면 어떻게 하나 걱정이 되기도 했다.

하지만, 식구들이 집에 머무는 시간을 계산해보니, 가장 일찍 나가고 가장 늦게 들어오는 남편도 평일 기준 하루 11시간은 되었다. 사무실에서 근무하는 시간을 포함하면 하루 대부분을 실내에서 보내는 것이다. 실내 공기만 잘 관리해도 몸에 주는 스트레스는 줄일 수 있을 듯 했다. 숲에서 마신 가슴이 시원한 공기, 그 느낌을 믿어보기로 했다.

## 식물은 많을수록 좋다

일터와 살림터를 하나로 합친 뒤, 두 공간에 있던 식물을 한 곳으로 모으니, 식물이 50개 정도 되었다. 공기청정기가 덜 돌아가는 게 느껴졌다. 식물이 100개쯤 되니, 확실히 가끔 돌아간다. 내친 김에 동선을 방해하지 않는 선에서 방 구석구석마다 식물 화분을 세우고, 화장실 양변기 위, 책장 사이사이, 식탁 위, 서랍장 위 곳곳에 식물을 들이기 시작했다. 금방 200개가 되었다. 그쯤 되니, 실내의 미세먼지는 늘 외부의 10% 수준을 유지했다. 식물은 호흡하며 기공으로 미세먼지를 흡수해 에너지대사 과정에서 분해하고, 남은 미세먼지는 뿌리로 보내 미생물이 분해하게 한다. 게다가 음이온을 뿜어 양이온인 미세먼지를 전기적으로 제거하기도 한다. 이제 공기청정기는 거의 작동하지 않는다.

2018년 봄, JTBC 다큐플러스 팀에서 〈먼지를 삼킨 집〉 취재를 왔다. 제작진은 산업용 미세먼지 측정기를 가져왔다. 우리 집에 있는 가정용 미세먼지 측정기의 실내 초미세먼지 수치가 6~7㎍/㎥ 정도를 왔다 갔다 하기에, 외부의 초미세먼지 수치가 60~70㎍/㎥ 사이일 거라 추측했다. 외부에 나갔던 제작진이 전한 측정 수치는 예상대로 60㎍/㎥ 안

팍이었다. 식물이 아예 많아지니, 작은 생태계를 구성한 듯 공간이 항상성을 유지한다. 미세먼지, 포름알데히드 같은 환경오염 물질뿐만 아니라 실내의 습도도 비슷하게 유지된다. 환경에 적응한 식물은 하나하나 돌보지 않아도 스스로 산다. 식물을 유지, 관리하는 데 에너지는 거의 사용되지 않는다. 나는 밥 한 그릇 먹으면 식물을 돌볼 수 있고, 식물은 물만 있으면 생명을 유지할 수 있다.

실질적으로 공기정화의 효과를 보려면 20제곱미터 거실을 기준으로 길이 1미터 이상의 식물은 3.6개, 60센티미터의 식물은 7.2개, 30센티미터 10.8개가 있으면 된다(국립농촌진흥청 연구 결과를 따랐다). 인도의 환경운동가 카말 미틀 박사는 TED 강연에서 어깨 높이의 아레카 야자 네 그루, 허리 높이의 산세비에리아 여섯 그루, 스킨답서스가 있으면 인체가 유리관 안에 들어가 있어도 생명을 유지할 수 있다고 말했다.

지구에 식물이 많을수록 좋은 것처럼 집에도 식물은 많을수록 좋다. 한 개나 두 개 있을 때보다 더 잘 자라고, 수명도 오래간다. 식물을 관리하는 일은 운전을 배우는 것처럼 조금 배우면 몸에 배니, 금세 잘할 수 있다. 마사토에서 나온다고 알려진 라돈이 걱정된다면, 마사토를 안 쓰면 된다.

몸도 마음도 건강해질 시간입니다

가격은 조금 더 비싸지만, 난석이나 현무암으로 대체할 수 있다.

이 경험이 유일무이한 정답은 아닐 것이다. 그렇지만, 미세먼지를 해결하는 여러 방법 중 하나일 수는 있다. 무엇보다 식물은 누구에게나 민주적이다. 돈이 많다고 식물을 잘 키울 수 있는 것도 아니다. 정성을 쏟지 않으면 식물은 대번 파르르 기절한다. 돈이 없어도 나만의 식물을 가질 수 있다. 사과, 레몬, 오렌지, 아보카도의 씨앗을 발아시켜 나무로 키우는 이야기를 이제는 종종 듣는다. 애정이 있다면 누구나 할 수 있는 일이 식물을 키우는 일이다.

미세먼지 때문에 식물을 많이 키우게 되었지만, 조용히, 제 자리에서 자기답게 사는 식물의 모습을 지켜보며 내 몸과 마음, 생각에도 변화가 찾아왔다. 식물처럼 매일 성장하고 싶어졌고, 식물이 주는 긍정의 힘을 나누고 싶어 글을 쓰기 시작했다. 식물은 소리 없이 사람을 바꾼다.

# 회색 미세먼지 대신
# 초록생활

## 달라진 라이프스타일

미세먼지 때문에 마스크와 공기청정기는 일상의 필수품이 되었고, 외출 전 초미세먼지 수치를 확인하게 됐다. 나 역시 그날의 초미세먼지 수치가 30㎍/㎥보다 낮을 땐 창문을 활짝 열고 지내지만, 그 수치를 넘기면 창문을 모두 닫는다. 창문을 여는 것조차 쉽지 않은 일이 되자 식물과 친해지는 초록빛 생활을 더 꿈꾸게 됐다.

식물을 많이 키우면 공기청정기가 없어도 될까? 식물을

키우기 시작하면서 공기청정기를 끄고 생활해보기도 했다. 식물은 대사 과정을 통해 공기를 정화하기 때문에 공기 정화 효과를 보는 데는 적어도 네다섯 시간이 걸린다. 따라서 일차적으로는 공기청정기가 빠르게 먼지를 제거하고, 이차적으로 식물이 산소와 음이온을 공급하는 이원화전략을 쓰는게 좋다.

미세먼지 농도가 높은 날엔, 끓이거나 삶은 음식을 먹는다. 상대적으로 실내 공기에 미치는 영향이 적다. 튀기거나 볶는 요리는 공기 중 초미세먼지를 빠르게 증가시키기 때문에 피한다. 또 음식을 조리할 때는 뚜껑을 덮는 습관을 들였다. 공기 중으로 음식 냄새가 덜 퍼지고, 재료에 열이 잘 전해져 빨리 익는다. 조리할 때는 반드시 후드를 켜는 일도 잊지 않는다. 요리할 때 발생하는 연기가 여성의 주된 폐암 발생원인으로 지목되기도 한다.

몸에 가해지는 스트레스가 많은 날은 소화가 잘되는 음식으로 가볍게 먹는다. 현미밥에 시금치 된장국, 달걀찜 정도면 충분하다. 폐와 호흡기에 좋은 음식을 챙겨먹도록 노력한다. 호흡기관을 건강하게 유지하는 데 있어 수세미즙이나 우엉차, 민트차 등 차를 마시는 게 효과가 좋다. 패스트푸드나 레토르트 음식이 먹고 싶으면 먼지가 적은, 공기가 깨끗한 날 먹는다.

창문을 닫고 지내면서 환기가 어려운 겨울에는 디퓨저나 방향제, 섬유유연제 사용도 최소화한다. 샤워를 오래하면 습도가 높아지니 비누로 몸을 빠르게 닦는다. 대신 마음에 꼭 드는 모양과 향을 가진 비누를 고른다.

사용하는 수건도 잘 마르는 얇은 거즈 수건으로 바꿨다. 깨끗하게 씻은 몸의 물기를 닦는 용도인데, 가끔 세탁해도 냄새가 나지 않고 뽀송하다.

## 식물처럼 균형 잡기

'100% 완벽하게 좋은 일만 한다', '나쁜 일은 무조건 안 한다' 생각하기보다는, 몸과 마음의 균형을 유지하는 게 중요하다. 몸에 좋은 것만 하는 것은 마음을 살피지 않은 이성의 강요인 셈이다. 그렇다고 해서 마음 가는 대로만 하면 오히려 몸에 무리를 준다.

중요하게 생각하는 가치를 기준으로 두고 시간과 취향, 건강 등 여러 요소를 고려해 생활의 균형을 찾아야 마음과 몸이 편안하다. 앞이 보이지 않을 정도로 가득 찬 미세먼지를 만난 날에는 우울감이 쇠사슬처럼 몸을 묶어버렸다. 그때 식물이 건강뿐 아니라 마음을 돌보는 데 도움이 됐다. 식물을 키우는 경험은 심리치료에도 활용될 만큼 효과가 좋다. 식물은 어떤 곳에서도 적응하며 새 잎을 틔운다. 에너지를 모아 있는 힘껏 연두색 어린잎을 올리는 식물을 보면, 마음 한구석에서 '나도 해봐야지' 하는 긍정의 힘이 솟아난다.

생각해보면, 공식적인 미세먼지 측정 데이터가 없었던 1980년대에도 공장에서 뿜어내는 미세먼지가 많았다. 학교 다녀오는 길에 지나는 골목 모퉁이엔 가내수공으로 필름을 만드는 집이 있었다. 화학물질 타는 냄새가 코가 아플 정도로 고약했다. 그 집 앞을 지날 때는 늘 숨을 멈추고 뜀박질을 했다. 청계천 고가다리 아래 금성전자 대리점에서 일한 택시 기사의, 씻을 때 세숫대야의 물이 새까만 색으로 변했다는 말도 기억이 난다.

제어할 수 없는 큰 원인만 생각하다 보면 두려움과 냉소로 자포자기하기 쉽다. 미리 포기하지 말자. 미세먼지 덕분에 파란 하늘과 맑은 공기, 깨끗한 물이 얼마나 소중한지 공감하는 사람들이 많아졌으니, 어떻게 보면 변화의 강력한 동기를 공유하는 기회가 생긴 것이다. 동일본 대지진 이

후, 일본의 라이프 스타일이 크게 변한 기록도 있다. 이 시기에 불필요한 것은 정리하고, '소유'를 극도로 줄이는 미니멀리즘 열풍이 불었다. 위기는 곧 새로운 변화의 시작이라고 믿는다.

중요하게 생각하는 가치를 기준으로 두고
시간과 취향, 건강 등 여러 요소를 고려해
생활의 균형을 찾아야 마음과 몸이 편안하다.

## 일상에 풍미를 더하는 '향'

타임, 로즈메리, 바질

처음 집을 장만한 기념으로 타임, 허브, 로즈메리, 바질 허브 삼총사를 데려왔다. 모두 요리에 쓰는 식물이기도 하다. 당시엔 한남슈퍼 같은 수입식료품점에서 향신료인 말린 허브를 구할 수 있었다. 그런데 일부러 꽃시장에 가, 살아있는 허브를 사왔다. 먹기도 하고, 초록잎을 보는 게 좋았다.

타임은 고기 요리를 재울 때 쓰고, 끓는 물을 부어 티로 마셨다. 로즈메리는 포카치아를 구울 때 다져 넣었다. 바질은 샐러드와 파스타에 채 쳐 버무렸다. 식사를 위해서는 한두 줄기 정도면 충분했다. 허브는 풍미로 입을 채우고 향으로 마음을 달래기도 했다.

서른이 되던 해, 낮에는 일하고 밤에는 대학원 마지막 학기를 다녔다. 하루 종일 회사에서 견디고, 야간수업까지 들으려면 저녁 식사를 건너뛰어야 했다. 집에 올 땐, 온몸에 기운이 빠졌다. 터벅터벅 걸어 집 현관문 앞에 서면 턱까지 찼던 숨이 구멍 난 풍선처럼 피식 새어나왔다.

문을 열고 집에 들어와 불을 켜면, 창틀 위 허브 삼총사가 바람결에 몸을 흔들며 나를 맞았다. 불어오는 바람이 식물의 잎과 줄기를 흔들면, 식물은 바람에 뽑히지 않으려 잔뿌리를 뻗어 흙을 더 강하게 움켜쥐고, 그 흔들림에 물관과 체관이 뻗어 나간다. 이렇게 식물은 바람을 타고 운동을 한다.

바람이 세게 불면, 허브 향기가 진하게 퍼져 나간다. 햇빛과 바람을 맞은 타임, 로즈메리, 바질이 뿜어낸 향이 집안을 가득 채웠다. 세 종류의 허브가 하루 종일 만들어낸 향은 늘 포근하게 지친 마음을 감싸주었다.

## 향기의 힘

향은 아이스크림 같다. 건조한 일상을 조금 더 달콤하고 기분 좋게 만들어준다. 여름 복도에는 우디 계열의 향 디퓨저를 둬, 지나다니면서 코끝에 묻는 향기를 즐겼다. 습관처럼, 빨래는 코튼 향의 섬유유연제를 넣어 마무리했다. 미세먼지가 심한 겨울에는 환기가 어려우니, 조금 더 엄격하게 실내 공기를 관리하는 편이다. 디퓨저는 사용하지 않고 섬유유연제 대신 건조기용 향 카트리지를 썼다.

신선한 향을 마시고 싶을 땐 허브가 특효약이다. 잉글리쉬 라벤더와 로즈메리를 데려왔다. 바람과 물을 좋아하는 허브는 꽉 막힌 실내에서는 키우기 어려운 편이다. 우선 통기가 잘 되는 토분에 옮겨 심고, 물이 잘 빠지도록 흙에 난석을 많이 섞었다. 실내는 바람이 없으니, 선풍기를 약하게 틀어 바람을 만들어주었다. 조금 세게 틀어 라벤더 향이 집 안 전체에 퍼지게 할 수 있었다.

현관문을 열고 집으로 들어설 때, 슬리퍼를 신으며 발에 닿는 감촉과 기도를 채우는 허브 향이 느껴지면 '우리 집에 왔구나' 싶다. 마음이 편해진다. 라벤더 잎을 손으로 부비며 얼굴을 들이밀고 킁킁 향을 맡는다. 이 순간을 놓치기 아쉬워 라벤더 줄기를 잘라 말리기도 한다. 방향뿐 아니라 방충 효과도 누릴 수 있다.

향을 즐기는 방법으로 천연 에센셜오일도 있다. 페퍼민트, 레몬, 유칼립투스, 티트리, 라벤더, 오렌지 등 다양한 에센셜오일을 갖고 있다. 요리용 포도씨유에 레몬 에센셜오일을 섞어 디퓨저에 떨어뜨려 향을 즐기기도 하고, 잠이 안 올 때는 라벤더 오일을 베게에 두 방울 떨어뜨린다. 빨래를 할 때 떨어뜨리는 페퍼민트나 티트리오일 한두 방울은 향을 더 좋게 만들고, 살균 작용도 해준다.

창을 닫고 생활할 때는 가급적 에센셜오일도 줄인다. 그러나 마음이 원할 때는 공기청정기를 잠시 끄고 향을 즐긴다. 내 마음에 집중하고 보듬는다.

## 향신료로서의 허브

향은 기억을 불러내는 주문이 되기도 한다. 캘리포니아에 살고 있는 친한 언니의 집에 갔을 때, 좋아하는 식당이 있다고 해 따라나섰다. '치폴레'라는 멕시칸 패스트푸드점이었다. 맥도날드가 지분을 갖고 있는 체인점이라, 주문 방식이 맥도날드와 비슷했다. 아이스크림 가게처럼 진열장 안 스테인리스 볼에 쌀, 고기, 야채, 소스가 나란히 담겨있다. '브라운 라이스, 화이트 라이스? 치킨, 비프?' 하며 옵션을 선택할 수 있었다.

현미를 고르고, 채식하는 언니를 위해 콩을 골랐고, 사우어 크림, 과카몰리를 버무려 토마토 살사와 먹는 치폴레 브리또 보울을 주문했다. '와!' 그렇게 맛있는 토마토 살사는 처음 먹어봤다. 보울에 머리를 파묻고 먹었다. 그날 이후로 토마토 살사를 먹을 때마다 언니와 치폴레와 캘리포니아가 생각난다.

토마토 살사는 멕시칸 요리다. 껍질에 십자 칼집을 낸 토마토를 데친 후 껍질을 벗겨 잘게 깍둑썰기 하고, 양파를 잘게 썰고, 할라피뇨, 마늘, 고수를 다져 넣고, 소금으로 간을 한 다음, 라임을 짜 즙을 더한다. 토마토 살사에 고수와 라임 즙이 빠지면 제대로 된 맛이 나지 않는다. 달콤한 품종의 토마토를 사용할 때 맛이 더 좋다. 잘 버무린 재료에 간과 향이 배도록, 하룻 밤 묵히는 과정도 필요하다. 구운 쇠고기나 닭고기와 함께 먹으면 영양소도 충분한 한 끼 식사가 된다. 샐러드처럼 먹어도 좋다. 한꺼번에 많이 만들어 냉동시킨 뒤, 그때그때 해동해 먹기도 한다.

토마토 살사는 조카들이나 친구의 아이들, 아들의 친구들이 놀러 왔을 때 종종 꺼낸다. 레시피가 간편하고 색도 예뻐 기분 좋게 즐길 수 있다. 아이들도 경계심 갖지 않고 즐기는 모습을 볼 수 있다. 향신료는 중독성이 있어 자꾸 생각나고, 먹을 때의 기억을 불러낸다. 토마토 살사를 함께 먹은 아이들이 우리가 함께 보낸 시간, 함께 즐긴 건강한 한 끼를 행복하게 기억해주면 좋겠다.

# 숲 같은
# 우리 집 만들기

## 식물을 키우기로 마음먹었다면

식물을 키우기로 마음먹은 후 고민이 된 건 '어디에 둘 것인지'였다. 식물을 많이 데려오고 싶은데, 어떻게 해야 하나. 우리 집은 베란다나 발코니로 활용할 공간이 거의 없는 집이다. 마룻바닥을 뜯고 땅을 파 나무를 심고 싶은 심정이었지만 아무리 식물이 좋아도, 식물 때문에 사람 살기 불편한 공간을 만들고 싶지는 않았다.

일단 창문과 벽이 만나 빛이 잘 들어오는 모퉁이를 중

심으로 키가 1.5미터 정도 되는 대품식물들을 배치했다. 그 공간은 대부분의 집에서 비워두는 공간이다. 발길이 닿지 않는 공간은 사람이 움직이는 길, 즉 동선 밖에 있다는 의미다. 그곳에는 뭔가 두어도 전혀 불편하지 않다. 실제로 생활하는 데 거슬리지 않았다.

벽과 벽이 만나는 공간에는 과감하게 키 큰 식물을 배치해도 좋다. 큰 식물이 부담스럽다면 60~70센티미터 정도의 나무 두세 개도 좋다. 이럴 때는, 스툴이나 화분 받침대를 사용해서 식물의 높이를 다르게 해주면 시각적으로 더 아름답다. 바람이 잘 통해 식물도 더 건강해진다. 벽과 바닥이 만나는 공간도 잘 살펴본다. 걸레받이 앞쪽으로 10센티미터 정도의 공간에는 발길이 지나지 않는다. 그 공간도 살려본다. 좁고 넓은 물통에 스파티필룸을 물꽂이해주면 좋다. 스파티필룸은 잎에 탄성이 있고, 부피가 작은 편이라 좁은 공간에서 키우기 좋다.

공기 정화를 위해서 집 안 전체에 스파티필룸과 스킨답서스를 깔아준다. 얼굴 전체에 파운데이션을 두들겨 베이스 메이크업을 하는 것과 비슷하다. 그리고 립스틱과 마스카라로 포인트 메이크업을 하는 것처럼 마음에 드는 예쁜 나무를 골라 집 안에 포인트를 준다. 그런 나무는 과감하게 골라도 좋지만, 예쁜 나무는 한두 개 정도로 그쳐야 한다. 욕심부려 포인트 메이크업이 과해지면 오히려 예쁘지 않다.

화원에서 파는 가장 흔한 크기의 벽돌색 포트 화분은 지름이 8~10센티미터 정도다. 휴대폰을 올려두는 정도의 공간이면 화분을 놓을 수 있다. 책장 사이사이, 옷장 위, 서랍장 위 곳곳, 욕실 세면대, 양변기 뒤, 양변기 아래 양쪽 등등에 화분을 올려 두고 키울 수 있다. 창틀 위, 커튼 봉, 유리창, 욕실의 수건걸이에는 식물을 걸어 키울 수 있다. 직사광선이 들지 않아도 사람이 사는 데 불편하지 않은 공간에서는 식물도 살 수 있다.

유리병에 물꽂이하면 뿌리가 자라는 모양을 보는 재미도 느낄 수 있다. 예쁜 주스 병, 파스타 소스 병, 잼 병, 음료수 병 모두 가능하다. 특별히 즐거웠던 날 생긴 유리병이라면 볼 때마다 그 순간이 함께 그려지니, 생활의 감도를 조금 더 올려준다. 그런 의미에서 여행지에서 마셨던 음료수의 유리병을 활용해도 좋다. 유리병을 리본으로 묶어 벽에 걸어도 좋고, 여러 개를 엮어 늘어뜨려도 아름답다.

## 나무를 키워보자

실내에서 나무를 키우는 것도 가능하다. 실내에서 잘 자라는 나무로 아레카야자, 고무나무, 마지나타, 떡갈나무, 아로우카리아, 휘커스 움베라타, 폴리셔스, 애로우 카리아가 있다. 해피트리와 녹보수도 흔히 볼 수 있는 식물이지만, 뿜어내는 달콤한 수액 때문에 바닥이 끈적끈적해질 수 있다. 나뭇잎을 물로 자주 씻어주면 좋지만, 베란다가 아닌 실내에서는 하기 어려운 일이다. 대신 틈나는 대로 분무하고 마루에 떨어지는 물방울은 걸레로 닦아준다.

실내에서 키우는 나무가 내게 좋은 영감을 주는지도 살핀다. 나는 아레카야자를 보면 시원하게 쭉쭉 뻗은 잎의 모양이 속 시원하다. 볼 때마다 사랑스럽지만 뾰족한 잎 모양을 선호하지 않는다는 친구 이야기도 들었다. 같은 나무를 보고도 저마다 느끼는 감정이 다르다. 어떤 식물이든 직접 보고 고르길 추천한다. 식물은 말없이 그 자리에 서 있지만, 살아있기 때문에 내가 좋아하지 않는 마음도 알아챈다. 마음에 들지 않는 식물은 오랫동안 함께하기 어렵다.

화원에서 '대품'이라고 부르는 큰 나무는 뿌리가 튼튼하게 잘 자라있어, 자리를 이동해도 잘 적응하는 편이다. 그래도 화분을 옮길 때 흔들리지 않도록 주의한다. 충격을 받으면 잔뿌리가 툭 끊어져 식물이 몸살을 앓는다. 화분 속 수분과 영양소를 흡수하는 건 세근이라, 끊어지면 생장에 지장이 있다.

건강한 나무는 뿌리가 화분 밖으로 나와 있고, 줄기가 튼튼하다. 그렇다고 식물을 만져보거나 뒤집어보지 않는다. 만지면 잎에 상처가 나거나 가지가 꺾이는 손상이 일어난다. 오래된 것일수록 뿌리가 촘촘히 자라있을 확률이 높다. 화분 표면에 풀이 자라고 있다면 오래 잘 키운 식물이라고 생각해도 된다.

외부에서 새 화분을 데려올 땐 해충이 함께 올까 걱정이 된다. 눈에 보이는 벌레가 없을 경우에는 EM용액을 물 1리터에 4밀리리터 비율로 탄 뒤에 화분의 흙 부분을 담가 하룻밤 불린다. 최근에 정원에 있다가 집안으로 데리고 들어온 로즈마리 화분에 작은 벌레들이 꿈틀거리는 게 보였다. 화분 아래에 깊은 물 받침을 받치고 흙에 빅키드 희석한 물을 천천히 적셔주었다. 화분에서 흘러나온 물을 다시 화분에 부어주기를 몇 번 반복했다. 찝찝하면 이렇게 농약을 이용해 박멸하는 방법도 있다.

## 몸을 부드럽게,
## 매일 요가

### 매일 하는 게 좋겠다

일주일에 두세 번 정도는 운동을 챙기다가, 인테리어 일과 디자인협동조합, 더리빙팩토리 일을 하면서 아이와 살림을 챙기면서부터 운동과 멀어졌다. 사무실과 집, 미팅으로 이루어진 일과표에 틈을 주기 어려워 운동을 전혀 하지 않는 날들로 일 년 반을 채우니 온몸의 근육이 흐물흐물해지는 게 느껴졌다. 계단을 오르내릴 땐 고관절이 45도 바깥으로 꺾여 휘청거렸고, 걸음걸이는 팔자로 흐느적거렸다.

앉았다 일어날 땐 척추를 먼저 세운 다음, 두 무릎을 추슬러 세우고 손으로 집고 일어나야 했다.

그 해 추석 연휴, 조카들과 배드민턴을 치고 피구도 하면서 모처럼 몸을 움직여 신나게 놀고 난 다음 날, 앓아누웠다. 평소와 완전히 다른 통증을 느꼈다. 허벅다리가 신경을 건드리는 것처럼 찌릿찌릿하게 아팠다. 치통이 허벅지로 옮겨온 느낌. 운동을 하도 하지 않아 근육이 없어진 상태에서 신경이 대퇴부의 억센 뼈를 가까스로 붙잡고 있었던 모양이다.

당장 운동을 하기로 마음먹었다. 매일 하는 게 좋겠다고 생각해 찾은 게 유튜브 홈트레이닝이었다. 유튜브를 이용하니 다양한 실력자 사이에서 내게 맞는 선생님을 찾을 수 있었다. '에바요가'로 매일요가를 시작했다. 30분짜리 동영상을 골랐는데, 10분 따라 하기도 어려웠다. 근육통이 느껴지는 것을 보니, 운동이 되고 있음은 분명했다.

흉내 내기 벅차던 매일요가도 일 년쯤 지속하니, 초급자용 영상도 따라하기 쉬워졌다. 근육도 당기지 않았다. '요가중독욱쌤'을 새로 모셔 중급자용 요가를 따라했다. 꽤 큰 힘이 들어가는 과정이었지만 임계점이 넘어야 물이 끓듯, 뻣뻣한 내 몸 근세포들이 자세를 만들어내기 시작했다.

척추를 곧게 세우고 팔을 수평으로 뻗어 몸통을 좌우로 비틀 때, 그 각도가 더 커지면 팔과 몸통은 그만큼 더 자유로워진다. 엉덩이 양쪽 뼈를 바닥에 평평하게 붙이고 앉아 두 다리를 똑바로 뻗을 때, 뒷산 언덕처럼 완만한 곡선을 그리던 무릎의 각도가 평지처럼 평평해질 때 몸과 마음이 빳빳해지고 개운하다. 바닥에 등을 대고 누워 다리를 뻗어 머리 위로 보내는 쟁기 자세에서 발끝이 땅과 만났을 때는 성취감도 느낀다.

운동 효과를 키우고 싶을 땐 여러 선생님의 영상을 바꿔가며 따라 하는 방법을 사용했다. 오늘은 이 선생님의 빈야사 요가, 내일은 저 선생님의 하타 요가를 따라하면, 각기 다른 근육이 당긴다. 몸을 골고루 자극하는 게 좋았다.

## 나를 위한 에너지를 확보하려면

건강한 몸은 일상생활에 무리가 가지 않도록 도와준다. 갈고, 닦고, 기름 쳐 늘 한결같은 컨디션을 유지하도록 노력해야 한다. 균형이 깨지면 일상으로 돌아오는 데 많은 에너지가 소모된다. 감기, 몸살로 몸이 아프면 며칠 동안 무엇

하나 제대로 하기 어려운 상태가 되지 않나.

내게 맞는 운동을 찾아야 한다. 그래야 지속가능하다. 바스락하는 작은 소리에도 잠이 깨는 예민한 귀를 가진 나는, 쿵쿵 울리는 음악과 함께하는 운동이 맞지 않았다. 평온을 유지하는 목소리와 잔잔한 연주곡을 배경음으로 삼는 요가가 집중도 잘 되고 좋았다. 좋으니 매일 할 수 있었다.

결국 중요한 건, '얼마나 많이'보다 '얼마나 꾸준히'다. 꾸준히 하기 위해서는 자기만의 의식이 되도록 프로그래밍하는 작업이 필요하다. 패션디자이너 노라노 선생은 아흔이 넘은 나이에도 매일같이 새벽 다섯 시에, 다섯을 세기 전에 일어난다고 한다. '꾸준히'를 만드는 실행력도 중요하다. 운동이 하고 싶다는 생각이 들 때, 때를 놓치지 않고 바로 그 순간 시작한다. 언제든 하지 못할 이유는 늘 있다. 매일 해야겠다는 마음이 생기면, 그저 매일 하면 된다. 휴대폰 어플을 이용해 매일 체크해도 좋고 다이어리에 매일 기록하는 방법도 좋다.

규칙적 루틴을 만드는 일, 운동할 시간을 확보하는 게 첫걸음이 된다. 어떻게 해도 시간을 내기 힘들면 '운동화를 신고 한 정거장 전에 내려 걸어가기', '에스컬레이터 대신 계단을 걸어 올라가기'로 나름의 방법을 연구해본다. '이번 주에는 100계단, 다음 주에는 120계단을 오른다' 같은 작은 목표를 세우는 것도 도움이 된다.

새로운 습관을 만들고 싶을 때는 적어도 90일간 지속한다는 목표를 세운다. 뇌 회로도가 변형되는 데는 그 정도의 시간이 필요하다. 90번이 지나면, '하기 싫다'는 저항 없이 그저 하고 있는 내 모습을 관찰할 수 있다. 운동을 매일 하다 보면, 오히려 운동하지 않을 때 컨디션이 좋지 않다. 90일이 되었을 때 느낄 수 있는 변화다.

오늘의 아침요가로 내 근육이 1미토콘드리아만큼 자랐을까. 백만 개의 세포가 더해져야 겨우 1밀리미터가 된다. 그마저 건너뛰면 다시 쪼그라든다. 매일 쓰는 내 몸, 매일매일 갈고 닦아야 건강함을 유지할 수 있다. 나를 위한 시간과 에너지를 확보하는 일을 포기하지 않는다. 내가 나를 위해 땀 흘리는 시간은 흔들리지 않는 자존감의 뿌리가 된다. 다른 사람이 알아주지 않아도 튼튼하게 자라난다. 꾸준히 해온 운동, 매일요가가 나를 사랑하는 마음의 자양분이 되었다는 사실을 이제는 안다.

결국 중요한 건,

'얼마나 많이'보다 '얼마나 꾸준히'다.

운동이 하고 싶다는 생각이 들 때,

때를 놓치지 않고 바로 그 순간 시작한다.

# 필요한 만큼의
# 체력을 갖기 위하여

## 내 몸 관리 루틴

수면 시간을 6시간에서 5시간으로 줄여보기도 했는데, 오히려 낮에 집중력이 떨어져 좋지 않았다. 깨어있는 시간의 효율을 끌어올리고, 잠은 한 호흡으로 길게 자는 편이 낫다. 스마트폰은 침대에 가져가지 않는다는 약속을 지키고, 충전기도 침대 바깥, 발끝에 두었더니 자다 깨는 일도 일어나지 않았다.

자기 전엔 민트 티 한 잔과 칼슘, 마그네슘, 아연, 비타민

D 혼합제제 세 알을 챙겨 먹는다. 칼슘은 뼈를 튼튼하게 해주기도 하지만 잠이 잘 오게 도와주기도 한다. 마그네슘은 신경을 안정시켜주고, 뼈 조직을 튼튼하게 하는 무기질이다. 비타민 D는 칼슘과 마그네슘의 흡수를 돕고, 아연은 면역력을 키워준다. 챙겨먹을 때와 먹지 않을 때의 컨디션 차이가 커, 여행 갈 때도 꼭 챙겨간다.

아침에 일어나면 만년필로 '모닝 페이지'를 쓰는데, 《아티스트 웨이》를 읽고 따라 하기 시작했다. 저자 줄리아 카메론은 '매일 아침 글쓰기'를 '두뇌의 배수로'라고 표현한다. 걱정거리와 감정 찌꺼기, 인상적인 일을 모두 기록하기 때문이다. 무의식과 의식의 경계에 있는 생각을 글로 옮기고 나면 정신이 맑아진다.

글을 다 쓰고 나서 항산화보조제 알파리포산 200밀리그램 한 알을 먹는다. 특별한 부작용이 없는 것으로 알려져 있고, 혈당 조절 기능이 있어 단 음식이 덜 생각난다. 알파리포산을 깜박하는 날엔 하루 종일 크레이프 케이크가 먹고 싶다.

매일, 적어도 30분씩 요가를 하려고 노력한다. 도저히 시간이 나지 않는 날에는 5분이라도 한다. 요가는 빨래처럼 뒤엉킨 혈관과 근육을 잡아당겨 펴고 늘려주어, 개운하다.

요가를 한 뒤로 몸이 덜 붓는 걸 보면 혈액순환에도 효과가 있는 걸 알 수 있다. 관절의 힘을 기르는 데에도 큰 도움이 됐다.

일상에서도 몸을 많이 쓰려 노력한다. 매일 요가를 하고, 계단을 오르내리고, 도서관에는 자전거를 타고 다녀온다. 잘 손질된 소박한 옷을 입은 군살 없는 몸에, 팔다리에는 잔근육이 보이는 날렵한 몸이 되면 좋겠다. 통이 넓지 않은 바지와 살짝 여유 있게 7부 소매의 티셔츠를 입는 게 내게 잘 맞는다는 사실을 깨닫고 옷을 살 때도 참고한다.

몸은 주로 비누를 이용해서 씻는다. 계면활성제가 많이 들어간 바디샤워나 샴푸는 물을 많이 써야 하니 마음이 불편해 머리도 비누로 감는다. 같은 이유로 린스나 트리트먼트도 사용하지 않는 대신, 머리카락이 젖어 있을 때 NUXE 오일을 바르면 비슷한 효과를 누릴 수 있다.

아침, 저녁으로 보습 로션을 듬뿍 바르면서 얼굴부터 목까지 림프를 마사지하는데, 온몸을 로션 한 개로 해결한다. 겨울에는 로션에 NUXE 오일을 한 방울 넣고, 여름에는 로션만 바른다. 사용하는 제품이 적으면, 욕실과 방이 말끔해진다. 청소하기도 편해진다.

## 내 몸을 위한 먹고 마시기

아침식사로 그릭 요거트에 호두 몇 알을 쪼개 넣고, 꿀을 한 스푼 더해 잘 섞어 가볍게 먹는다. 점심 메뉴로는 아보카도에 계란 프라이, 햄과 치즈, 삶은 계란과 절인 오이와 으깬 감자를 섞어 만든 샌드위치 또는 오믈렛을 즐긴다. 그때그때 빵의 종류, 꿀과 잼, 머스터드, 바질 페스토 등 레시피를 바꿔가며 맛에 변화를 준다. 샌드위치는 간단하게 5대 영양소를 섭취할 수 있는 실용적인 먹거리기도 하다.

외부 강연이나 미팅이 있어 끼니가 애매할 때도 샌드위치를 준비하고, 텀블러에 차를 담아 챙겨간다. 끼니는 무겁지 않은, 내 몸에 맞는 것으로 잘 챙기려 노력한다. 마늘, 양파 같이 향이 물씬 풍기는 음식이나 구운 고기는 저녁에만 먹는다. 요가를 시작한 이후로, 고기와 마늘이 불편해졌다. 음식을 소화시키는 데 에너지를 많이 써야 하니 과식을 피하는 습관을 들였다.

그리고 수시로 페퍼민트차를 마신다. 페퍼민트는 소화를 돕고, 꽃가루 알레르기 반응을 줄여준다. 겨울에는 따뜻하게, 여름에는 시원하게 즐긴다. 세포의 재생 과정에 수분이 꼭 필요한데, 차를 마시고 잔 다음날 아침에는 입이 마르지 않았다. 200밀리리터보다 많이 마시면 밤에 화장실을 가게 되어 숙면을 방해하니 양도 스스로에게 맞춰 조절한다. 자기에게 맞는 수분 공급 방법을 찾아 일상의 습관으로 들이면 된다.

잘 자고, 일을 잘해내는 것도 중요하지만 하루 종일 마시는 공기의 중요성은 아무리 말해도 지나치지 않다. 가장 좋은 방법은 가능한 한 식물을 많이 키우는 것이다. 식물은 산소와 음이온을 만들고 새 잎을 틔워 마음에도 에너지를 채운다. 음이온은 혈액을 깨끗이 하고 통증을 완화하며, 자율 신경의 조정 능력을 키우는 효과가 있다는 사실이 입증되었다.

일상에서도 몸을 많이 쓰려 노력한다.

매일 요가를 하고,

도서관에는 자전거를 타고 다녀온다.

군살 없는 몸에, 팔다리에는 잔근육이 보이는

날렵한 몸이 되면 좋겠다.

# 식물 킬러
# 탈출 작전

## 식물이 죽는 이유

카카오 브런치 플랫폼에 2016년부터 연재하기 시작한 글이 2019년 12월을 기준으로 130개가 되었다. 전체 글의 총 조회 수가 308만 정도인데, 그중 〈식물 킬러, 어둠의 손들에게〉라는 제목의 글이 55만 뷰로, 총 조회 수의 17퍼센트를 차지하는 비율이다. 현실에서도 식물을 키우기만 하면 죽이고 만다며 자책하는 이들을 많이 만났다.

한 번은 강연을 끝내고 정리하는데 한 여성이 다가와,

키우는 식물이 다 죽어간다며 하소연했다. 정말 모든 식물이 다 죽었냐고 물으니, 그건 아니라고 했다. 몇 년째 잘 키우고 있는 행운목도 있다고 답했다. 또 역시나 식물 킬러를 자청하는 지인은 유일하게 스킨답서스만 잘 자란다고 했다. 넝쿨이 벽을 타고 올라간다고 이야기하는 걸로 봐서는, 몇 년째 잘 키우고 있는 것이다.

그런데, 왜 '다 죽인다' 생각하는 걸까. 아마 내 손에서 생명이 죽어나간 경험이 마음에 남아 생긴 트라우마일 가능성이 크다. 식물은 아무리 열심히 돌봐도 죽어버릴 수 있다. 그냥, 자연의 이치인 거다. 같은 땅에 씨를 뿌려도 모든 씨앗이 싹을 틔우지는 않는다. 비슷한 크기의 해피트리 다섯 그루를 같은 날 데려와 똑같이 관리했는데도 잘 큰 나무가 있었고, 덜 자란 나무, 죽어버린 나무도 있었다. 살아있는 건 모두 그 마지막을 알기 어렵다.

처음부터 건강하지 못한 식물이 내게 왔을 가능성도 있고 초보 가드너에게는 역부족인 식물을 골랐을 수도 있다. 식물에 관한 지식이 별로 없는 상태로 화원에 가면 모양이 아름다운 식물을 고르게 된다. 하지만, 대체로 예쁠수록 키우기가 까다로울 가능성이 크다. 유칼립투스가 대표적이다. 블랙잭, 파블로, 고니 같은 유칼립투스는 꽃꽂이 소재로도 활용할만큼 예쁘지만, 물이 살짝 말라 심기가 조금만 불편해도 바로 죽어버린다. 통풍이 잘 되는 베란다나 실외에서 매일 물을 주며 키우면 잘 자라지만, 실내에서 키우기 어려운 식물이다.

식물 입문자라면 '어디서 많이 보았거나 들어본 식물'을 구입하는 게 좋다. 흔한 식물은 우리 집에서도 잘 자랄 가능성이 높다. 우리 환경에서 잘 자라기에 개체 수가 많고, 공급이 원활하니 가격도 저렴하다. 그렇다고 해서 키우기 쉬운 식물이 무조건 잘 자라는 것은 아니다. 공간마다 잘 자라는 식물이 다르다. 그러니, 잘 돌봐주었는데 식물이 죽었다고 해서 자책할 필요는 없다.

## 식물을 잘 키우는 기본공식

식물은 물 주기가 같은 것끼리 모아 키우자. 게발 선인장, 스투키, 다육이 같은 선인장은 한 달에 한 번 물을 주면 된다. 잎이 두꺼울수록 물을 주는 주기가 긴 편이다. 또 작은 화분들은 손잡이가 있는 쟁반에 올려두면 관리하기 편하다. 화분을 크고 작은 크기로 다양하게 연출하면 나름의 리듬이 생겨 재미있다.

관엽 식물 종은 일주일에서 열흘 정도에 한 번씩 주면 된다. 공기 정화 식물 대부분이 여기에 속한다. 나무젓가락으로 화분의 흙 중간까지 찔러 흙이 묻어나지 않을 때 관수한다. 흙이 묻어나면 아직 물기가 남아있는 것이니 물을 주지 않는다. 허브는 물이 잘 빠지는 흙에, 매일 물을 주는 편이 좋다.

바람도 잘 통해야 한다. 식물은 해, 물, 바람이 있어야 잘 자란다. 누구나 식물의 광합성 작용에는 햇빛과 물이 필요하다는 사실은 잘 알지만 바람에는 무심한 편이다. 식물은 바람결에 운동하며, 잎맥과 수맥을 키우고, 땅을 단단하게 붙들도록 뿌리를 뻗어 나간다. 식물 입장에서는 바람 덕에 전신 운동을 하는 셈이다. 실내에서는 바람이 모자라 식물이 잘 자라기 어렵다. 창문을 열 수 없을 때는 선풍기나 써큘레이터를 틀어 바람을 만들어 주면 좋다. 선풍기 바람에도 식물은 잎과 줄기를 흔들어 운동하고, 생명을 유지하며, 튼튼해진다. 실내 식물원이나 화원에 선풍기가 자리 잡은 이유도 그 때문이다. 만들어 주는 바람도 효과가 있다는 이야기다. 집에서는 역시 베란다에 두는 것이 제일 좋다.

식물을 키울 만한 공간이 마땅하지 않다면, 수경 재배해

몸도 마음도 건강해질 시간입니다

보자. 식물은 지름이 3센티미터나 5센티미터 정도인 작은 유리병에서도 생명을 유지할 뿐 아니라, 적응하며 새 잎을 낸다. 작은 유리병은 부담 없이 집 안 구석구석에 둘 수 있고, 손이 덜 간다. 물론 식물에게 최상의 조건이라 할 순 없지만, 공간이 한정적인 실내에서는 너무 잘 자라는 것도 부담스러울 때가 있다. 식물이 나와 적당한 균형을 이루는 정도는 작은 유리병으로도 충분히 가능하다.

흙 안에 벌레가 생길까 걱정이 되면 EM용액을 희석해 주면 된다. 산 성분이 해충 알의 껍데기를 녹여 성충으로 자라는 걸 막는다. 개체 수가 현저히 줄어든다. 먼지 다듬이나 책벌레 같이 작은 벌레들이 걱정된다면 화분을 바닥에서 떼어준다. 벌레들은 축축하고 어두운 곳을 좋아한다. 공기가 잘 통하면 벌레가 살기 어렵다. 마땅한 것이 없으면 철사를 접고 꼬아 만들어도 된다.

뿌리파리의 번식을 막으려면 화분 흙 위에 작은 돌을 덮는다. 덮인 돌이 뿌리파리가 흙에 알을 낳는 것을 막는다. 돌은 흙을 묵직하게 눌러, 물을 줄 때 흙이 화분 밖으로 쏟아지지 않게 돕는다. 또 심미적으로도 아름답다. 하지만 큰 돌로 흙을 완전히 덮는 것은 피한다. 뿌리의 호흡을 방해해 흙이 습해질 수 있다. 병균과 벌레는 습기를 좋아하니, 언제

나 통풍에 신경 쓴다. 뿌리 파리가 손 쓸 수 없이 많아졌다면 빅키드 같은 농약을 쓰는 편이 좋다. 번식 속도가 빠르기 때문이다.

깍지벌레나 응애 같은 벌레는 인체에 해롭지 않은 것으로 알려졌지만, 식물에겐 해를 끼친다. 줄기와 잎에 달라붙어 수액을 빨아먹는다. 몇 마리 정도는 약을 치는 것보다 보일 때마다 잡아주는 것이 낫다. 구멍 난 양말이나 낡은 옷을 모아 두면 관리에 편하다. 식물의 잎에 붙어있는 벌레를 닦은 후 버린다. 벌레의 개체 수가 많아지면 약을 써도 된다. 비오킬이 잘 듣는다. 살충제는 실외에서 뿌리도록 하고, 어쩔 수 없이 실내에서 약을 칠 때에는 충분히 환기해 사람이 들이마시지 않도록 한다.

해피트리 다섯 그루를 같은 날 데려와
똑같이 관리했는데도 잘 큰 나무가 있었고,
덜 자란 나무, 죽어버린 나무도 있었다.
살아있는 건 모두 그 마지막을 알기 어렵다.

## 통해야 산다,
## 통기의 중요성

### 곰팡이가 생겼을 때

인테리어 디자인 일을 하고 있다. 내 집 마련에 성공한, 곧 태어날 아기가 있는 젊은 부부에게 리모델링 의뢰를 받았을 때, 의뢰인과 의뢰인의 가족이 살고 있는 모습을 살핀 뒤 이사 할 아파트의 현장 점검을 따라나섰다. 생활공간과 이사할 공간을 모두 확인해야 어떤 것을 버리고 어떤 것을 더할지 리모델링의 범위와 기준을 세울 수 있다.

엄마와 딸 둘이 살고 있는 21평형 복도식 아파트였는

데, 현관문을 열자 습기가 확 올라왔다. 가만히 있어도 유리창에서 물이 흘러내릴 정도였다. 자세히 보니 방마다 벽지가 젖어있고, 결로가 심했다. 아파트 현장의 마감을 뜯어내니 벽지 아래로 새까만 곰팡이가 더께로 앉아있었다. 아기가 있는 집에는 없어야 하는 곰팡이였다. 난방을 돌리고 창문을 열어 바짝 말린 뒤 곰팡이 방지제 도포 후, 은 나노 코팅제까지 바른 다음에야 겨우 원래의 벽으로 돌아왔다.

집에 돌아와서는 곰팡이 냄새를 없애기 위해 입고 갔던 옷을 모두 세탁소에 맡겼다. 곰팡이균은 벽지뿐 아니라 옷과 식재료도 먹어치우고, 심지어 사람의 피부와 호흡기에도 번식한다. 생활습관 때문에 발생한 곰팡이는 생활방식을 바꾸면 사라지기도 한다. 습도가 높은 환경은 특히 창문을 열어 환기를 자주 해주어야 한다. 습기 발생량이 많은 환경에서는 제습기를 아무리 돌려도, 보송해지지 않는다.

## 습기를 없애는 선택

결로와 곰팡이는 생활 습관과 밀접한 관련이 있다. 집에서 곰탕, 설렁탕 같은 습기가 많이 발생하는 요리를 하는 것도 결로, 곰팡이에 영향을 미친다. 결로를 없애야 하는 집이라면 탕류 요리를 삼가고, 샤워 후에는 반드시 환풍기를 돌려 습기를 빼내야 한다. 가능하면 샤워 시간도 줄인다.

가구는 다리가 있는 제품을 고르는 게 도움이 된다. 서랍장, 침대, 장롱, 책상은 등이 없는 제품으로 배치하는 것도 좋은 선택이다. 바닥면, 벽면과 가구 사이에 공기가 통하는 공간이 결로와 곰팡이가 생기는 것을 막는다. 습기를 없애는 선택과 관리는 좀벌레 같은 해충이 생기지 않게 만들어준다. 공간이 습해서 생기는 벌레기 때문이다. 어쩔 수 없이 막힌 가구를 사용할 때는 가구와 벽면 사이 공간을 1~2센티미터라도 떼어준다.

실내에 식물을 들여 습도를 조절하는 방법도 있다. 1미터 크기의 아레카야자는 하루에 1리터 정도 되는 양의 습기를 머금고 수분을 뿜어낼 수 있다. 주방 수납장 속 그릇들에도 공기가 통하는 공간을 주고, 수납장과 수납선반도 와이어로 된 제품을 선택하면 좋다. 서랍장 안에 두는 밀폐 용기는 뚜껑을 열어 공기가 통하도록 수납한다. 보송해보여도 뚜껑을 덮어 오래 보관하면 습기가 찬다. 습기가 있는 곳엔 세균이 번식하고 있다는 사실을 기억하고, 수납 습관을 점검할 필요가 있다. 먼지가 들어갈까 걱정되는 용기는 뒤집

어둔다.

김이나 곡물에 들어 있는 제습제, 실리카겔도 버리지 않고 모았다가 설탕이나 커피 같은 건조식품을 보관할 때 한 개씩 넣는 것으로 유용하게 재사용할 수 있고, 소파 틈새, 싱크대 개수대 아래, 보일러실, 책장, 서랍장, 옷장 사이사이에 끼워 공간의 습기를 잡는 용도로도 쓸 수 있다. 한 개씩 끼워두면 관리가 번거로우니, 작은 주머니나 바구니에 여러 개를 한꺼번에 담아 둔다.

사실 결로를 없애는 가장 좋은 방법은 추울 때 조금 춥게 살고, 더울 때 조금 덥게 사는 것이다. 정부는 실내 적정 온도를 여름철에는 26도, 겨울에는 20도로 유지할 것을 의무화하고 있다. 우리 집은 실내 온도를 여름에는 29도로, 겨울엔 21도를 유지한다.

겨울에는 집에서 울 스웨터와 타이즈를 입고, 그 위에 패딩 원피스를 입어 몸을 따뜻하게 만든다. 또 여름엔 반바지와 민소매 셔츠만 입고, 때로는 아이스팩을 안고 있는 방법을 선택한다. 그러면 계속해서 에어컨을 틀어두지 않아도 충분히 시원하다. "사서 고생을 하느냐"는 말도 듣지만 익숙해지면 그런대로 견딜 만한, 크게 무리가 가지 않는 방식이다.

the

# Part 2

# 소신 있는 실천이 보듬는 하루

집 안 미세먼지가 걱정돼 공기청정기를 구입하고,
산소가 모자라니 산소 발생기를 사야지 결심한 순간,
계속 무언가를 사다가 플러그를 꽂아 문제를 해결하는 방식에 의문이 들었다.
초록빛 나무와 풀, 새파란 하늘, 몽실한 구름, 상쾌한 바람이 주는
행복을 알고 나면 과도한 에너지 사용과는 멀어진다.
미미하지만 꽤 의미 있는 노력 덕분에 마음이 편해지고 후회가 줄었다.

# 새로운 쓸모를 찾아주는 일

## 샤워볼 대신 샤워스펀지

샤워할 때 샤워 타월을 뭉친 형태의 샤워볼을 썼는데, 사용 후 잘 마르지 않아 손으로 잡으면 늘 축축해 불만이었다. 물기가 남아 있는 곳에는 세균도 있다. 구멍이 퐁퐁 뚫린, 공기층을 가진 스펀지를 쓰고 싶었다. 그런 스펀지는 빨리 마른다. 게다가 손으로 몇 번 쥐었다 펴면 되니, 세척도 쉬웠다. 형태가 잡혀있어 한 손으로 사용하고 처음의 형태를 유지하기 쉽다는 점도 매력적이다.

스펀지를 사용해보기로 마음먹고, 시중에 나와있는 샤워용 스펀지를 찾아보기 시작했다. 출시된 제품들은 겨우 손바닥만 했다. 큰 스펀지를 쓰면 한 번, 두 번, 총 여섯 번이면 될 것 같은데 작은 스펀지로 닦으면 손길이 여기 두 번, 저기 두 번, 열다섯 번은 닿아야 할 것 같았다. 더 찾아보니 예상한 것보다 다양한 제품들이 가득했는데, 정작 내 소용에 맞는 제품을 발견하지는 못했다.

보조 주방에서 굴러다니는, 잘 쓰지 않는 세차용 스펀지가 눈에 들어왔다. '저 스펀지, 딱 내가 원하는 사이즈다!' 가로 16.5센티미터, 세로 8.5센티미터, 두께는 5.5센티미터에, 노란색인 것도 마음에 들었다. 세차용 스펀지를 깨끗하게 빤 후, 몸을 닦았다. 생각보다 훨씬 부드러웠다. 하긴, 차 표면에 흠집이 나지 않으려면 부드러워야 한다. 그렇다면 내 몸에도 흔적이 남지 않으리라. 살짝 까슬한 질감은 오히려 각질 제거에 효과적일 것 같았다. 넉넉한 사이즈의 스펀지를 사용하니 비누칠을 여섯 번만 해도 된다. 샤워 후, 욕조를 닦는 용도로 쓰기에도 이 스펀지는 탁월하다.

비슷한 경험이 또 있다. 회사에서 일 년에 카탈로그 한 개를 만든다. 끌어모은 영감을 이미지로 풀어내는 작업이다. 이것 역시 창작이라 시간과 비용이 많이 든다. 요즘엔

인류의 데이터 창고, 인터넷에 상상할 수 있는 거의 모든 것이 있기 때문에 뭔가를 새롭게 할 때는 큰 에너지가 필요하다. 디자인, 글, 그림, 음악, 영상 등 창작과 맞닿아있는 일이 그렇다.

## 식탁보의 또 다른 쓸모

더리빙팩토리는 아트와 비즈니스의 중간에 있는 브랜드다. 새로움을 만들어 낸다는 측면에서는 아트와 가깝지만 수익이 확보되어야 지속가능하다는 점에서는 비즈니스다. 비즈니스라면 계속해서 빠르게 신상품을 출시해야 하지만, 영감을 받아 마음을 움직이고, 마음이 몸을 움직여 더욱 튼튼하고 견고한 한 가지를 만드는 게 우리의 방식이다.

카탈로그를 준비하면서 초여름의 기운을 담은 사진을 찍고 싶었다. 화이트와 민트가 섞인 리넨 커버를 사, 6인용 테이블을 덮은 뒤 그 위에 제품을 놓고 사진을 찍었다. 의도한 대로 초여름의 향기를 내뿜는 사진이 나와 마음에 들었다. 그날 구입한 리넨 테이블 커버는 일상에서도 잘 활용할 수 있을 거라 생각했다. 그런데 너무 새하얗다 보니 찾아온

손님이 부담스러했다. 중고로 정리하기엔 좋은 영감을 주는 소재였다. 보송하고, 부드럽고, 구김이 멋스러웠다. 침대 위에 덮어보니 아주 잘 어울렸다. 식탁보가 홑겹 이불이라는 새로운 용도로 재탄생했다. 새로 생긴 여름이불 덕분에 잠자리에 들 때마다 기분이 좋다.

## 나만의 쓸모를 찾아 모으는 일

식물을 많이 키우다보니, 다양한 크기와 모양의 화분 받침이 필요하다. 화분 받침은 뿌리에 급수를 했을 때, 물 받침에 여분의 물이 흐르지 않도록 모아주는 역할을 하고, 식물 뿌리를 바닥과 떨어뜨려 통기를 시켜주는 역할도 한다. 식물은 겨울의 바닥 난방에 취약해서, 바닥과 공간을 떼어주어야 한다. 화분 받침 위에 둔 식물과, 화분과 바닥이 바로 닿아있는 식물의 생육 상태는 겨울이 지나면 누구든 알 수 있을 정도로 큰 차이가 난다.

판매되고 있는 여러 화분 받침은 흰색이 아니면 검은색, 단 두 개뿐이다. 화분의 크기와 모양, 색상은 다른데 화분 받침은 전부 같은 색이다. 또 화분은 사각형인데 동그란

받침을 써야 할 때도 있다. 스튜디오와 주방 수납장을 뒤지니, 안 쓰는 쟁반과 접시가 눈에 들어왔다. 화분 색상과 어울리는 접시를 찾아 화분 아래에 받쳤다. 회색 화분 아래에는 민트색 접시를 두었고, 검은색 화분 아래에는 짙은 남색 쟁반을 두니 화분과 화분 받침이 원래 한 세트인 듯, 잘 어울렸다. 금이 간 도자기 접시는 토분 아래 받쳐주니 잘 어울렸고, 바비큐용 금속 쟁반 위에는 크고 작은 화분을 올려 작은 화단을 만들었다.

물건의 새로운 쓸모를 찾아주기 시작하면서 색상별로 연출하는 재미도 찾았다. 빨간 선인장 화분은 빨간 쟁반 위에 올려 빨간 동전 지갑과 빨간 레고 캐릭터와 함께 배치했고, 노란 쟁반 위에는 물꽂이하는 식물의 유리병을 나란히 올려 두고 옆에는 노란 곰돌이 빙수기를 나란히 세웠다. 파란 쟁반 옆에는 하얀 도자기에 파란 그림이 그려진 술병과 파란 알렉시 세제병, 수경재배에 활용하는 콤팩타 물병을 함께 모았다.

내친 김에 국자나 뒤집개 같은 조리도구를 담는 통에 플로럴 폼을 넣어 꽃을 꽂는 화기로 쓰기도 했고, 안 쓰는 카스텔라 틀에 필렛을 담아 씨앗을 싹 틔우는 베드로 썼다. 파운드케이크용 빵틀은 아파트 창틀 사이 같은 좁은 공간을 살리는 화분이 된다. 높고 긴 화분 위에는 큰 접시를 올려 단을 만들어 높은 화분 받침대를 만들었다. 문구용 가위로 식물의 시든 잎을 잘라주기도 한다. 잎을 몇 개 정리해서 가위가 상할 리 없고, 식물에도 어떤 문제가 되지 않는다. 문구용 가위는 종이를 오리는 데만 써야 한다는, 내가 가진 고정관념이 문제가 된다. 스스로를 에워싸고 있는 편견과 한계를 느낄 때 종종 놀란다.

다른 이가 정해둔 용도와 쓰임, 규칙에서 벗어나 나만의 쓸모를 다시 찾는 일이 주는 행복이 꽤 크다. 드립커피용 주전자로 작은 화분에 물을 주는 일 또는 향수병으로 화분에 스프레이 분사로 물을 주는 일, 재봉용 쪽가위로 식물의 잎을 잘라 주는 일 등 사물을 내 멋대로 활용하면서 느끼는 해방감, 만족감을 느껴보면 좋겠다.

# 자연스럽게,
# 적당하게

## 집 안에 키우는 식물에 대하여

베란다가 없는 실내에서는 대부분 식물을 화분에 심어 키우게 된다. 식물은 부피가 큰 편이라, 많이 키우고 싶어도 장소가 마땅치 않다는 고민이 생긴다. 그럴 땐, 동선에 놓이지 않는 좁고 작은 공간을 노려본다. 벽면과 바닥이 만나는 곳에 사람의 발길이 지나지 않는, 약 10센티미터 정도의 데드 스페이스를 찾을 수 있다.

그곳은 8~10센티미터 지름의 작은 화분을 나란히 놓

을 만한 공간이다. 하지만, 작은 화분은 흙의 양이 적기 때문에, 수분과 영양분의 균형에 예민하다. 한마디로 '관리'가 어렵다. 물을 주다 자주 흘러넘쳐 결국은 마룻바닥이 손상되기도 한다. 작은 화분 하나하나에 물을 주려면 시간도 오래 걸리고, 인내심이 필요하다. 작은 공간에서는 수경재배하는 편이 낫다.

수경재배할 땐 흙을 모두 제거한 뿌리만 물에 담아 키운다. 화분, 어항, 아크릴박스 등 여러 종류를 찾아봤지만 마땅한 게 눈에 띄지 않았다. 마트의 주방 코너에서 찾은 두께 10센티미터, 너비 30센티미터의 플라스틱 바스켓이 딱이었다. 그 바스켓에 스파티필룸을 납작하게 키우면 안성맞춤일 듯했다. 스파티필룸은 백조 같이 하얀 꽃을 피우니 바스켓의 흰 색과도 잘 어울릴 것이다.

건강한 식물의 뿌리는 촘촘하게 자라, 흙에 단단하게 고정된다. 화분의 뿌리 부분을 통째로 물에 담가 하룻밤 그대로 두면 뿌리와 흙이 물에 분다. 물속에서 푹 젖은 뿌리를 살살 흔들면, 흙은 대부분 씻겨 나간다. 그래도 남아있는 흙은 흐르는 물에 헹군다. 뿌리만 물통에 넣고, 딱 뿌리만큼 물을 채운다.

물통 안에 작은 돌을 넣으면 식물의 뿌리가 자라며 돌

을 감아 지지대로 삼는다. 무게중심이 아래로 쏠려, 화분이 잘 넘어지지 않게 도와 식물이 안정적으로 자라나는 환경이 된다. 수경재배하는 식물에는 영양제를 넣지 않는다. 뭔가를 더 해주고 싶은 마음이 생길 땐, 물속에 과산화수소를 티스푼 한 개 정도 넣어준다. 물을 소독하며, 뿌리에 산소를 전달하는 효과가 있다. 이렇게 만든 스파티필룸 화분을 사 년 째 수경재배로 키우고 있다.

실내에 식물을 가득 채워 사는 이야기를 《우리 집이 숲이 된다면》이라는 책으로 묶어 냈다. 실내에서 식물을 키우는 이유, 잘 키우는 방법과 미세먼지를 제거하는 효과에 대해 썼다. 이 경험을 나누는 강연 기회가 종종 있었는데, 가장 많이 받는 질문이 "물통을 얼마나 자주 닦아주어야 하나요?" 였다.

그동안 스파티필룸 물통을 세 번 정도 닦아주었다. 스파티필룸은 더러운 물속에서도 잎을 키워 물통을 빼곡하게 채웠다. 여름에 잘 자라던 스파티필룸이, 바닥난방을 하던 겨울에는 잎의 양이 반으로 줄어든 걸 보면 뿌리가 담긴 물통을 씻어주지 않는 일보다 바닥의 열이 고스란히 전해져 물의 온도가 오르는 일에 더 큰 영향을 받는 듯했다.

생각해보면 식물은 늪 속에서, 우리의 기준으로 '더러운 곳'에서도 잘 산다. 악취가 풍기는 시궁창 가장자리에도 식물은 자라고 있다. 자연 상태는 무균실처럼 완벽하게 깨끗하지 않다. 그러니, 실내에서 매일 물통을 닦으며 유지, 관리하지 않아도 큰 문제는 없다.

## 자연스럽다

스산하게 보이던 창밖 풍경에 색이 더해진다. 앙상하게 말라있던 가지에 물이 오를 때, 봄이구나 싶다. 밑동을 밭게 잘라준 목수국 뿌리에서 새파란 줄기가 올라오고, 낭창거리는 설유화 가지에도 잎이 송송 올라온다. 땅 위 10센티미터까지 밑동을 잘라준 갈대의 틈새에서도 새 잎이 올라온다. 사이사이 이름 모를 잡초들도 존재를 드러낸다. 봄의 생명체는 아기처럼 작고, 여리고, 귀엽다.

여름의 풀숲은 하루 지나면 한 뼘이 자라있다. 덥거나 마르거나 아랑곳하지 않고 제 식대로 자란다. 여름 끝물에는 시퍼런 생명의 기체는 절정에 달해, 서늘하게 느껴진다. 어느새 잎들은 초록을 잃어가며, 찬란한 낙엽을 끝으로 사그라든다. 잎이 떨어지고 앙상한 가지만 남은 겨울은, 생명의 빛이 없어 길게 느껴진다.

검은 몸통에 흰색 땡땡이 무늬가 있는 알락하늘소가 마당을 돌아다니는 걸 보았다. 예상하지 못한 큰 벌레의 출몰에 나도 모르게 슬리퍼 한 짝을 벗어 번쩍 들어 올렸다. 내리치려는 순간, 저 생명을 처단할 자격이 있나 하는 생각이 스친다. 징그럽다고 죽이는 게 정당한 일인가. 한껏 치켜들었던 손이 슬그머니 내려간다. 물을 주고 차에 올랐는데, 다리에 생전 처음 닿는 촉감이 느껴진다. 본능적으로 차 문을 열고 얼른 내려 손으로 탁 치며 다리를 털었다. 땅에 떨어진 물체를 확인하니 알락하늘소였다.

알락하늘소처럼 낯선 벌레를 만날 땐 어렵지만, 자연에 조금씩 가까워지기로 했다. 내 다리에 올라탄 개미와 거미 정도는 동요 없이 손으로 탁 털어낸다. 꽃 위에 벌이 앉아 있으면 식사를 방해하지 않으려 발꿈치를 들고 살금살금 걷는다. 아장아장 걷는 아기처럼 자연 속으로 한 걸음 한 걸음 나아간다. 식물 속엔 기어다니는 것부터 날아다니는 것까지 다양한 벌레가 늘 있고, 먹이가 많으니 찾아오는 새도 늘어난다. 작은 생태계가 만들어지는 걸 볼 때 기쁘다.

'자연스럽다'는 건, 온갖 벌레들이 활개를 치고, 그 벌레가 먹거리로 삼는 나뭇잎에 구멍이 뻥뻥 나고, 새들은 그 벌

여름의 풀숲은 하루 지나면

한 뼘이 자라있다.

덥거나 마르거나 아랑곳하지 않고

제 식대로 자란다.

레를 실컷 잡아먹는 일이 아닐까. 새벽 다섯 시쯤부터 새들의 노랫소리가 들린다. 많은 새가 동시에 일찍 일어나니, 먹이 찾기가 쉽지 않겠다. 저 속도와 기세라면 나무에 붙어 있는 모든 벌레들을 한꺼번에 다 먹어치울 것이다. 그러면 벌레는 또 번식을 위해 죽을 각오로 알을 낳아, 있는 힘껏 꿈틀거려야 하겠지. 자연은 있는 그대로의 모습으로 균형을 이룬다.

환경을 완벽하게 제어하려는 시도는 애초에 불가능한 일일지 모르겠다. 비바람이 몰아치는 폭풍우에도, 태양이 내리쬐는 가뭄에도 생명을 유지하는 일. 바다에 떠 있는 부표처럼 파도에 따라 흔들리며 유연하게 균형을 잡는 일. 자연을 닮은 자연스러운 일에 눈길이 가고, 균형을 이루는 생활을 생각하는 요즘이다.

# 적게 사고
# 다 쓰자

## 1+1의 함정

회원제 마트 베이커리 코너 앞에서 한참을 망설였다. 블루베리 베이글이 먹고 싶었다. 여섯 개짜리 두 봉지를 한 묶음으로, 열두 개를 판다. 여섯 개 한 봉지만 사고 싶은데, 꼭 두 봉지를 한 묶음으로 파는 게 부담스러웠다. 남편과 아이는 베이글을 즐기지 않지만 오랜만에 사는 것이니 같이 먹어주겠지 싶어 카트에 담았다.

결국, 베이글은 식탁 위 정물처럼 있게 됐다. 더운 날씨에 곰팡이 필까 싶어, 한 봉지는 냉동실로 옮겼다. 결국, 여섯 개 한 봉지는 음식물 쓰레기봉투에 담겨, 크린넷을 타고 집하장으로 갔다. 베이글 한 봉지는 냉동실에서 전기를 썼고, 쓰레기봉투도 사용했으며 이리저리 옮기는 데 내 소중한 시간도 썼다. 생각 없이 내린 결정으로 낭비한 자원이 불어나는 일에 신경이 쓰인다.

지난번에는 달걀 요리에 쓰는 1+1 일본 간장을 사왔다. 한 병은 뜯어 썼는데, 다른 한 병은 그대로 있다. 두 병이 냉장고 문 포켓에서 달그락거린다. 문을 열고 닫을 때마다, 잘 먹지도 않는 것을 두 병이나 구입한 나를 원망하는 소리로 들려 괴롭다. 더치 과자 한 박스도 다 먹을 수 있을 것 같아 구입했지만, 곧 물려 자리만 차지하고 있다.

어느새 공간에 들어차는 물건을 보면 숨이 막힌다. 두루마리 휴지를 구입할 때도 고민을 한다. 우리 집에는 한 번에 두루마리 열여덟 개를 수납할 수 있는 공간이 있다. 보관할 장소를 세 곳에 나눠 두었는데, 보통 두세 개의 여분이 있을 때 새로 구입하니 열두 개 짜리 한 묶음을 구입하면 딱 맞다. 그런데 나를 시험에 들게 하는 것은, 서른여섯 개 롤과 열두 개 롤의 가격이 비슷하다는 점이다. 망설이다 서른여섯 개 롤을 구입했다.

어떻게든 될 거라 생각했지만, 아무리 뒤져도 마땅히 수납할 공간이 없다. 포장이 뜯긴 상태라, 아무 구석진 곳에 수납하면 곰팡이가 피거나 벌레가 생길 수 있었다. 그래서 찢어진 비닐에 담긴 두루마리 휴지를 통풍이 잘 되는 복도에 한 달 넘게 두었다. 쌓인 휴지를 볼 때마다 과연 이게 적절한 소비인지 의심스러웠다.

감자와 달걀을 넣은 샌드위치가 먹고 싶은 날이었다. 삶은 감자와 달걀을 따뜻할 때 으깨고, 오이는 얇게 썰고 소금에 절여 숨이 죽으면 물을 꼭 짰다. 으깬 감자와 달걀에 넣고 골고루 섞은 뒤, 마지막으로 마요네즈를 넣고 함께 버무리면 오독오독 씹는 맛이 있는 감자 샐러드가 되고 빵 안에 끼워 먹으면 든든한 한 끼 식사가 된다. 이미 감자와 달걀을 삶고, 오이도 절였는데, 마요네즈가 없었다.

재빨리 동네 소매점에서 마요네즈 한 개만 사왔다. 한 개 가격이 할인마트 두 개 가격과 비슷해 아깝다는 생각이 들지만 두 개를 한 번에 사면 틀림없이 한 개는 유통기간이 지나 버릴 가능성이 큰 게 마요네즈다. 여기까지 생각이 미치자 속상한 마음이 들지 않는다. 한 개만 사니까 다른 수납 공간도 침범하지 않는다. 또 알뜰히, 적당히 쓰게 된다.

## 적절한 소비를 고민할 때, '가시비'

제품을 구입할 때의 계산법을 다르게 해봤다. 유리컵을 사는 상황을 가정해보자. 디자인이 마음에 드는 유리컵을 찾는 데 들이는 시간, 사러 가는 시간, 온라인으로 주문할 때의 포장과 택배비, 받고 나서 포장재를 정리하는 데 들어가는 시간과 비용, 보관하는 공간, 관리의 편리함과 내구성, 쓸모를 다했을 때 처리하는 방법과 시간까지 고려한다. 제품의 가격 뒤에 숨은 부가비용이 있다.

한계효용의 법칙은 정해진 시간을 쓰는 것에서 시작된다. 가격 대비 성능을 고려한 '가성비', 가격 대비 만족도를 말하는 '가심비' 같은 소비의 기준을 정하는 단어들이 있지만, 나는 가격 대비 시간이라는 의미를 가진 '가시비'를 말하고 싶다. 내가 원하는 일에 시간을 더 사용할 수 있으면 비용을 조금 더 지불한다는 의미다.

올봄, 분홍색 꽃무늬가 귀여운 여섯 개가 한 세트인 컵을 샀다. 가볍고 예뻤지만 설거지를 할 때마다 쉽게 깨졌고, 지금은 한 개가 남았다. 모든 유리컵이 그 정도 비율로 깨진 건 아니니 유난히 내구성이 약한 제품이었다고 보는 것이 맞다. 유리컵을 생산하는 데 사용한 자원을 생각하면 더 아깝다. 조금 더 튼튼하게 만들어주었으면 좋았을 텐데. 자원을 많이 사용한 데 비해 사용주기는 매우 짧다. 내 계산법으로 이 컵은 매우 비싼 컵이다.

풍선아트 전문가 에리사는 업무 특성상 출장이 많아, 짐 싸기 선수다. 트렁크 하나에 있는 물건만 가지고도 일상생활에 무리가 없다는 사실을 깨닫고 《트렁크 하나로 충분해》라는 책을 썼는데, 그 책에 거즈 수건 두 장을 삼십 년 동안 쓴 이야기가 나온다. 내 계산법으로 그 거즈는 매우 값싼 물건이다. 30년 동안 수건 쇼핑에 들어가는 모든 시간과 비용을 아꼈기 때문이다.

아무리 사지 않으려 해도 슬금슬금 늘어나는 살림살이를 보면, 보금자리에 부지런히 도토리를 쌓는 다람쥐가 떠오른다. 뭔가를 사는 것이 마치 본능 같다. 아무것도 사지 않으면 다이어트 요요현상처럼 폭발적으로 쇼핑을 하게 되기 때문이다. 그래서 꼭 필요한 것을 한 개씩 사야 부작용이 없다. 뭔가를 먹었다고 뇌에 신호를 주는 것처럼 뭔가를 샀다고 마음에 신호를 주는 셈이다.

사는buying 기쁨을 위해, 1+1이나 세트 상품은 오히려 피한다. 화장품이나 향수 같은 기호품은 특히 여러 개를 사면 헤퍼진다. 화장솜 열 개짜리 한 세트를 구입해, 쓰다 쓰다

지겨워 결국은 다 나눴다. 한 개씩 사면 마지막 한 개까지 다 쓰고, 없으면 남은 방울까지 톡톡 덜어 쓰게 된다. 신중하게 구입하고, 구입한 제품은 그 쓸모를 다할 때까지 아껴 쓰는 것이다.

뭔가 버릴 때마다 바다에서 플라스틱을 먹고 있는 물고기, 물개를 떠올린다. 사용할 수 있는 건 버리지 않으려고 서랍 속에 있는 샘플 화장품도 재빨리 써서 없앴다. 마음먹고 샘플을 다 쓰는 데도 2년이 걸렸다.

산 것의 쓸모를 다하는 일에는 애를 쓴다. 바나나 세 개가 남으면 바나나 케이크를 만들어 없애고, 볶은 고기가 남으면 볶음밥에 잘게 다져 넣는다. 죽어가는 식물이 있으면 뿌리는 잘라 버리고 줄기를 물꽂이해본다. 꽃꽂이에 쓰고 남은 생화는 말려 선물을 포장할 때 활용한다. 어떻게 사용하면 더 창의적으로 아낄 수 있을까. 일단, 적게 사고 다 쓰는 게 먼저다.

# 이야기가 순환하는 벼룩시장

## 얼마 안 하니까

집에 초등학생 아들 친구들이 놀러왔다. 그중 한 아이가 1,000원짜리 분무기를 사 왔다. 300밀리리터 용량의 투명한 파란 물병과 불투명한 연두색 노즐로 구성된 평범한 모양의 분무기다. 아이들끼리 나누는 대화 소리가 들렸다.

“이거 네가 산거야?” “응” “왜?” “그냥, 뭐 얼마 안 하니까” 한다.

그 친구는 분무기를 우리 집 욕실에 두고 갔다. 주인에게 돌려주려고 챙겨 드는데, 분무기 노즐만 물병에서 쑥 빠진다. 손가락으로 당기는 부분이 부러져 덜렁거린다. "얼마 안 하니까"라고 말하던 아이의 표정과 한 번 쓰고 고장 난 분무기가 번갈아 떠오른다.

얼마 전 암스테르담으로 여행을 다녀왔다. 식물, 디자인, 예술을 품은 작지만 강한 나라 네덜란드에서는 한 달에 한 번, 유럽에서 가장 큰 벼룩시장이 열린다. 축구장만한 광장에 셀러들이 각자의 물건들을 펼쳐 놓고 판매한다. 미드 센츄리 가구들을 파는 가구점부터 집에서 사용하지 않는 살림살이들을 들고 나온 가정주부까지 다양한 참여자가 있다. 이 벼룩시장에 셀러로 참여하기 위해서는 하루에 35~38유로를 지불해야 하고, 구경하는 사람들은 어른 5유로, 어린이 2유로의 입장료를 낸다. 750부스 신청이 늘 일찍 마감되는 걸 보면 인기가 좋은 벼룩시장이다.

한 할아버지 셀러가 넓게 펼친 중고 살림살이들 중, 흰색 플라스틱 시계가 눈에 띄었다. 그 시계 주위에 빛으로 만든 화관이 떠 있는 것 같았다. 숫자판은 검은색으로 되어 있고, 숫자의 폰트도 동글동글 귀엽다. 시계 판의 숫자가 야광인 것도 마음에 든다. 옆에서 보면 위에서 아래쪽으로 사선으로 떨어지며, 바닥의 면적이 더 넓어 안정감이 느껴졌다.

일회용 플라스틱은 지구 환경에 독이 되지만, 이 시계처럼 잘 만든 플라스틱 하나는 평생 쓸 수 있으니 어쩌면 환경친화적인 제품일 수 있다. 할아버지는 1960년대에 만들어진 시계고, 여전히 작동한다고 말했다. 건전지를 넣으니 정말로 시곗바늘이 움직였다. 1822년부터 시계를 만들어온 독일 브랜드 KIENZLE의 제품이었다.

튼튼하게 만들기도 했겠지만, 사용하는 사람도 참 깨끗하게 썼다. 알람 버튼도 잘 작동하고, 건전지 넣는 곳의 뚜껑도 잘 닫힌다. 시간을 맞추는 톱니바퀴도 정확하게 움직인다. 세월이 흘러 색이 조금 바랬고, 때는 좀 탔어도 표면에 긁힘 하나 없다. 50년 넘게 소용을 다할 수 있는 물건, 그 물건을 사용하는 사람을 다시 생각하게 된다.

벼룩시장을 둘러볼 때는 할아버지, 할머니 셀러의 살림살이를 유심히 본다. 그들의 태도가 살림살이의 관리 상태와 정비례하는 경우가 많았기 때문이다. 탁상시계처럼 깨끗하게 잘 관리한 무언가를 벼룩시장에 갖고 오는 건, 그동안 아끼고 사랑한 물건의 주인을 새로 찾아주면서 주변을 차분히 정리하려는 노력으로 보인다.

the

## 사물을 대하는 태도

나는 내 주변의 물건을 얼마나 소중히 다루고 있을까. 지금도 글을 쓰며 사용하고 있는 책상은 2010년에 산 가로 1,100밀리미터, 세로 500밀리미터가 되는 물푸레나무 책상이다. 상판 아래로는 납작한 서랍 두 개가 있다. 왼쪽 서랍에는 글을 쓸 때 사용하는 만년필 잉크 여러 개가 있고, 오른쪽 서랍에는 책을 읽을 때 사용하는 형광색 포스트잇과 노트가 있다. 이 책상을 식물 받침대로 사용한 적도 있다. 높이가 꽤 되니 식물을 돌볼 때 허리를 굽히지 않아도 되어서 편했다. 화분에 물을 주다 흘러넘쳐도, 나무 표면이 오일로 마감되어있어 물방울이 또르르 굴러 떨어졌다.

그런데, 어느 날부터는 책상의 나무가 젖기 시작했다. 비닐 재질의 매트를 깔아 썼지만, 매트와 상판 사이로 어느새 물이 들어갔다. 책상 표면은 물을 먹어 얼룩덜룩하고, 부풀어 올라 울퉁불퉁해졌다. 처음 왔을 때의 매끈한 느낌은 사라지고, 재활용센터에 어울리는 모습으로 변했다. 그때도 '망가지면 새로 사지 뭐' 생각한 것 같다. 아끼지 않고, 함부로 사용하는 행동은 그렇게밖에 설명할 수 없다. 작은 책상 하나를 만들 때도 지름이 한아름 되는 나무를 베어야 한다. 나무에게도, 책상에게도, 미안한 마음이 들었다.

미세먼지도 없고 볕도 좋은 주말, 마음먹고 책상 위를 정리했다. 우선 걸레를 적셔 가구에 달라붙은 먼지를 깨끗이 닦았다. 그다음, 고운 사포로 표면을 벗겨 냈다. 밀려 나온 가루를 진공청소기로 빨아들인 다음, 붓에 실내가구용 오일을 적셔 책상에 발랐다. 오일이 나무에 배어들고 표면이 충분히 말랐을 때, 면 수건으로 문질러 나무의 표면에 반질반질하게 윤을 냈다. 기름 먹은 책상 표면의 매끄러운 감촉이 좋다. 피부에 닿는 느낌이 사랑스럽다. 그저 몸을 한 번 닦고 오일을 조금 발라주었을 뿐인데, 책상에 다시 생기가 돈다. 애정을 갖고 돌보면 사물도 살아 숨을 쉰다.

몇 해 전엔 엄마 집에서 노란색 곰돌이 빙수기를 가져왔다. 손잡이를 돌리면 짤깍짤깍 소리를 내며 눈이 왼쪽으로 갔다가 오른쪽으로 가는, 인형 같은 빙수기였다. 엄마 집에서는 창고 신세였지만 내게로 와서는 거실 장식장 한가운데에서 대접받고 있다.

어린 동생들과 냉장고 속 얼음 틀을 꺼내 비틀어 얼음을 꺼내고, 빙수기 안 얼음통에 넣은 뒤, 함께 빙수를 먹겠다는 일념으로 한 개씩 빙수기 얼음 통에 넣어 함께 맛있는 빙수를 해먹던 기억이 났다. 조막만 한 손들이 모여 손잡이를 돌린 것, 왼손으로 돌리다 손이 아파지면 오른손으로 바꿔 돌린 기억, 더 먹고 싶어 많은 얼음을 갈았던 기억이 모두 담긴 빙수기였다. 모든 물건에는 추억이 깃들어있다.

이야기가 담긴 사물이 순환하는 벼룩시장이 더 많이 생기면 좋겠다. 정리하면서 발견한 소중한 것들을 내버리지 말고, 꼭 필요한 누군가에게 대접 받을 기회를 주면 좋겠다.

# 쓰임마저
# 아름다운 제품

환경에 미안하지 않을 수 있다면

식기류를 수입, 유통하기 위해서는 '식품위생법에 의한 한글 표시사항'을 스티커로 만들어 제품에 부착하거나, 포장지에 직접 표기해야 한다. 제품명, 유형, 제조회사, 수입원 및 소재지, 재료, 원산지, 포장 재질, 반품 및 교환 장소, 취급시 유의사항 같은 기본 정보들을 담는다. 이 정보가 표기되어 있지 않으면 통관이 되지 않는다.

더리빙팩토리 접시 출시를 앞두고 고민했다. 일반적으

로는 접시의 개별 포장에 비닐을 쓰는데, 비닐을 쓰고 싶지 않아 개별포장하지 않고 벌크 상태로 수입했다. 한글 표시사항 스티커는 포장 박스 단위로 부착하면 문제가 되지 않는다.

스티커도 고민이 됐다. 소비자의 편의를 위해서는 부착한 뒤에 잘 떼어지는 스티커로 제작하는 편이 좋다. 하지만 유통과정 중에 스티커가 분리되면, 제조사가 관련 법령을 위반한 셈이 되니 조심해야 한다. 오렌지색 모눈을 그린 후, 'RETRO series'라는 글씨를 넣었다. 글씨 모양은 1960년대를 풍미했던 팝 아티스트 로이 리히텐슈타인 작품 속 글씨와 비슷한 것으로 골랐다. 스티커 하단부에 남색 띠를 만들어 색 대비를 주고, 6포인트 흰색 글자로 한글 표시사항도 표기했다.

스티커의 디자인은 마음에 들었다. 이제 재질을 결정해야 한다. 무광 모조지로 레트로 느낌을 표현하고 싶었지만 모조지 재질은 리무버블 스티커로 만들 수 없었다. 아주 단단하게 고정이 되는 접착제만 쓸 수 있었다. 아트지를 쓰면 조금 더 잘 떨어지게 할 수 있지만 아트지는 광이 살짝 있어 고민이 됐다. 결국, 잘 떨어지지 않는 무광 재질의 모조지를 선택했다. 스티커를 접시에 붙이고 떼어보니 정말 제거가 잘 되지 않았다. 물에 불려 손가락으로 문질러보고, 쇠수세미로 문질러보기도 했지만 결국 스티커 제거제를 써야 했다. 먹을 것을 담는 접시에 제거제를 써야 한다는 사실에 스스로 화가 났다. 스티커 때문인지 그 접시들은 오랫동안 재고로 남아있었다.

이후엔 종이박스로 개별 포장한다. 종이박스 안에 접시를 넣고, 사이사이에 얇은 종이를 끼워 넣어 제품의 표면을 보호한다. 종이는 분리수거함에 그대로 넣으면 재활용해 쓸 수 있어 그나마 환경에 가장 덜 미안한 포장재다.

## 플러스 마이너스 철학

포장은 '제품의 마감'이며 소비자가 제품에 갖는 첫인상이다. 더리빙팩토리 제품은 품질과 실용성에 비해 포장에 신경을 덜 썼나 싶을 만큼 투박하다. 디자인 브랜드가 포장을 간소화하는 것은 미적 요소와는 타협한다는 것을 의미한다. 포장에 있어 디자인이냐, 실용성이냐를 고민할 때, '제품을 안전하게 운반한다', '환경에 미안하지 않다', '이만하면 됐다, 예쁘다'를 기준으로 삼았다.

루밍, 짐블랑, 동백잡화점, 구름바이에이치, 리빈, 오브젝트 같은 국내 디자인 편집숍은 이런 철학에 공감해준다. 또 점점 더 많은 고객이 응원하기 시작했다. 나를 포함해 많은 이들이 아름답기만 한 것에는 마음을 움직이지 않는다. 실용적이기만 한 것에도 마찬가지다. 아름답고 실용적인 것, 실용적이면서도 아름다운 것. 이렇게도 쓰고, 저렇게도 쓰면서 오래도록 기분 좋게 사용할 수 있는 것을 찾는다.

종이테이프는 테이프로도 쓰면서 소품을 리폼하는 데에도 쓸 수 있고, 테이블 매트이면서 마우스 패드로도 쓸 수 있는 제품엔 '멀티펑셔널 매트'라는 이름을 붙여준다. 요즘 만드는 식기류는 그릇으로 사용하다 지루하면 화분으로 써도 되고, 주방에서 사용하다 싫증나면 욕실에서도 쓸 수 있다. 집 안에서 쓰다가 피크닉이나 캠핑에서 사용해도 좋다.

더할 것은 최소한으로 하고, 불필요한 것은 제거하는 플러스 마이너스 철학을 가지면 좋겠다. 글을 쓰면서, 공간을 디자인하면서, 제품을 만들면서도 오롯이 한 가지 기준을 적용한다. 군더더기는 걷어내고 필요한 것은 조금만. 그렇게 실용적인 아름다움을 만드는 일에 집중한다. 필요한 것을 조금만 더하는 일은 환경을 아끼는 마음에 가 닿는다. 하나의 제품을 오랫동안 사용하기를 바라는 마음으로 실용적이고 예쁜 제품을 만든다. 환경을 아끼는 데 보탬이 된다는 자부심, 디자인만큼 쓰임이 아름다운 제품이 브랜드의 가치를 더한다.

더할 것은 최소한으로 하고,

불필요한 것은 제거하는

플러스 마이너스 철학을 가지면 좋겠다.

글을 쓰면서도, 제품을 디자인하면서도

오롯이 한 기준을 적용한다.

## '아끼니까 좋은'
## 라이프스타일

### 독일식 라이프스타일

8년 동안 독일 베를린에서 살다 온 친구가 있다. 독일에서 쌍둥이를 낳고 키우며 현지 문화를 깊이 체험한 친구다. 독일에서 저녁식사에 초대 받았던 이야기를 들려주었는데, 독일인의 라이프스타일을 알 수 있는 이야기였다.

식사를 하는 동안 해는 뉘엿뉘엿 저물고 실내로 들어오는 빛이 줄어들면서 어두워졌을 때, 집주인이 등을 켤 생각을 하지 않더란다. 더 컴컴해져 식탁에 놓인 음식이 보이지 않는데도 여전히 불 켤 생각을 하지 않았다고 했다. 급기야 상대의 얼굴이 보이지 않을 정도로 빛이 사라지자 그때서야 호롱불 한 개를 켰다고 했다.

이 이야기를 들으니 생각난 게 있었다. 독일 유학생활을 한 어머니를 둔 직장동료는 탕비실 스펀지 반을 잘라 두 번에 나눠 쓰고, 비누 반쪽에는 은박지를 붙여 쓴다고 했다. 하루는 싱크대 위에 처음 보는 사이즈의 작은 철수세미를 두고 쓰는 동료에게 이런 건 어디서 구할 수 있느냐 물었더니, 웃으며 시중에 파는 철수세미를 반 자른 것이라 대답했다고 했다. 이토록 기꺼이 아껴 쓰는 라이프스타일에 관심이 갔다.

도서관에 가 '독일 라이프스타일'로 검색해 책을 찾으니, 나오는 데이터가 없었다. 다시, '라이프스타일'로 검색해 나온 《미니멀 라이프》, 《오늘도, 라곰 라이프》, 《작은 생활: 간소하면서 풍요로운 살림의 기술》, 《타니아의 소중한 것과 오래도록 함께하는 생활》, 《좋아하는 곳에 살고 있나요?》, 《심플하게 산다》, 《살림 달인 타니아의 빠르고 간편한 살림법》, 《앞으로의 라이프스타일》 등 20권 가까이 되는 책을 모두 찾아 읽었다.

가도쿠라 타니아의 책에서 독일식 라이프스타일을 만

날 수 있었다. 가도쿠라 타니아는 일본의 요리연구가다. 아버지는 일본인, 어머니는 독일인이고, 세계 여러 나라에서 생활한 경험이 있는 코즈모폴리턴이다. 일본인 남편을 둔 덕에 시어머니의 일본식 살림에서 좋은 점을 배우고, 외가가 있는 독일에 가 라이프스타일을 익히면서 세대와 국경을 아우르는 생활방식을 가지게 됐다. 15년 동안 사용하다 헤진 패브릭 소파를 리폼해 다시 8년을 쓰고, 기모노 허리띠로 쿠션을 만드는 그녀의 라이프스타일은 에너지를 적게 쓰면서도 효용을 극대화하는 특징이 있다.

독일인인 타니아의 어머니는 월급을 받아 혼수로 WMF의 은 소재 커트러리를 사 모아, 40년이 넘게 쓰고 있다. 누군가 40년 동안 한 제품을 사용하면 제품을 생산하고 유통하는 데 들어가는 비용도 줄어든다. 커트러리를 생산하는 데 들어가는 비용과 발생하는 이산화탄소, 창고에 보관하는 비용과 에너지, 운반비용을 줄인 셈이다. 또 다른 제품을 구입하기 위해 쇼핑하지 않아도 되니, 구매자의 시간과 비용도 절약된다.

## 엄마의 라이프스타일

열여섯 살에 아파트로 이사를 가기 전까지 양옥집에 살았다. 대문을 열면 오른쪽에는 화단과 앞마당이 있었고, 왼쪽엔 넓은 시멘트 계단이 있었다. 계단 세 개를 올라가면 현관문이 있고, 집으로 들어가면 바닥엔 박달나무 마루가 기역, 니은 형태로 맞물려 깔린 거실이 있었다. 마당 쪽 벽은 바닥부터 천장까지 미닫이창으로 이루어져있었다. 나무 창틀 안에는 기하학적 도형이 그려진, 바람이 불 때마다 덜컹거리는 불투명 유리가 끼워져있었다.

이 집에서 엄마는 부엌과 지하실의 연탄아궁이, 옥상의 장독대, 마당의 화단, 김장독을 오가며 살림을 했다. 마당에서는 수돗가에 스테인리스 대야와 빨간 고무통을 두고, 파란 플라스틱 바가지로 물을 떠 세수를 씻기고, 김치도 담그고 걸레도 빨았다.

그 물은 양동이에 다시 모아 화장실을 청소하거나 화단에 끼얹는 데 썼다. 엄마가 머리카락 휘날리며 일하는 동안, 한 번 쓴 물이 하수구로 흘러들어가는 일은 일어나지 않았다. 생활 곳곳에 자리 잡은 절약정신을 귀하게 느끼는 요즘이다.

엄마도 비누에 은박지를 붙여 썼다. 다이알 비누에도, 알뜨랑 비누에도 은박지를 붙였다. 반이 막힌 비누는 한참 문질러야 거품이 났다. 구질구질하게 이런 것 좀 붙이지 말라고 해도 엄마는 들은 척도 하지 않았다. 수도꼭지를 틀 때는 물을 아껴 쓰라는 잔소리를 들었고, 욕실에서는 치약을 손톱 반만큼만 짜라는 말을 들었다. 미제 샴푸가 등장한 날엔 샴푸는 십 원짜리 동전 한 개만큼만 쓰라는 잔소리를 들었다.

엄마는 나 같은 사람만 있으면 공장이 전부 문을 닫을 것이라고 했다. 직접 담근 고추장과 된장, 간장으로 요리의 간을 했고, 말린 고추는 하나하나 다 닦아 빻아 고춧가루를 만들었다.

"네가 몰라서 그렇지, 이런 음식이 건강한 음식이야."

자연을 담은 정직한 맛이 참 좋았다. 생각해보니 이제와서 좋아보였던 독일의 아껴 쓰는 라이프스타일이 예전 엄마의 방식과 닮아있었다. 매일 뿌연 회색 하늘을 보고 살게 된 후부터는 자꾸 엄마의 생활방식을 따라하게 된다.

에너지를 많이 쓰면서 깨끗한 자연환경을 기대하는 것은 모순적인 태도다. 화력, 원자력, 전기를 만들어내는 것은 지구 자원을 미리 꺼내 쓰는 일이다. 꼭 필요한 곳에 사용하는 전기 생산과 사용은 감수해야겠지만, 우리나라 공급예비율에는 의문이 든다. 공급예비율이란 수요가 급증할 때를 대비해 더 생산해두는 전기의 비율을 말한다. 한마디로 버려지는 전기를 말한다. 우리나라 전력수급량 중 공급예비율은 1,000만 ㎾를 기준으로 한다. 1,000만 ㎾의 예비전력을 갖추는 데 20조 원이 들어가니, 20조를 허공에 날리는 셈이다.

캐나다 밴쿠버처럼 환경을 최우선으로 생각해 의사결정을 하는 곳도 있다. 전기 사용량이 공급량을 넘어서면 야멸차게 전기를 내린다. 학교에도 전력 공급이 끊기고, 전력 수요가 줄어야 다시 전기가 공급된다. 학교에 전기가 들어오지 않는 상태가 30분 이상 지속되면 학생들을 집으로 돌려보낸다. 스쿨버스가 없는 곳은 부모가 데리러 가야 한다. 다소 지나치다 싶은 단호함, 모두를 위한 환경정책을 수용한 덕분에 캐나다는 깨끗한 자연환경을 충분히 누릴 수 있다.

어제는 엄마가 담근 김치로 김치찌개를 끓이고, 명란을 넣어 달걀찜을 했다. 갓 지은 밥과 반찬 두 개를 달랑 놓고 먹으며 아들에게 말했다.

"네가 잘 몰라서 그렇지, 그래도 이렇게 먹는 게 건강에 좋아!"

냉장고에 있던 달걀 3개와 김치만으로 20분 만에 차려낸, 에너지를 적게 쓴 상차림이었는데도 배부르고 개운한 한 끼였다.

15년 동안 사용하다 헤진 패브릭 소파를

리폼해 다시 8년을 쓰고,

기모노 허리띠로 쿠션을 만드는

그녀의 독일식 라이프스타일은

에너지를 적게 쓰면서도

효용을 극대화하는 특징이 있다.

INK

# Part 3

# 공간은 비우고
# 마음은 채웁니다

잠깐 한눈팔면 군살과 잡동사니는 바퀴벌레처럼 다시 불어난다.
생활, 일, 관계에서도 필요 없는 것들은 단호하게, 바로바로 정리한다.
그것이 물건이라면 어디에 있는지 기억하지 않아도 되고,
유지 관리를 위한 시간과 에너지도 절약할 수 있다.
빈 공간이 생기고, 시간도 생겨나면 마음에 여백이 생긴다.
몸뿐 아니라 마음을 돌볼 때, 잠자고 있던 행복이 깨어난다.

# 깨끗한 공기는 창에서부터 시작된다

## 깨끗한 창

초등학교 6학년 즈음, 퀴리 부인 위인전을 읽었다. 퀴리 부인이 딸과 딸 친구들과 함께 실험하는 장면이 떠오른다. 퀴리 부인은 아이들에게 뜨거운 물이 담긴 병을 들고, 물의 온도를 보존하려면 어떤 방법을 써야 하는지 물었다. 아이들은 병을 옷으로 감싼다, 상자에 넣는다 등 여러 가지 아이디어를 냈다. 그러자 퀴리 부인은, 가장 먼저 병의 뚜껑을 닫을 거라고 이야기했다. '뚜껑을 안 덮고 한 이야기란 말이야?' 반쯤 감았던 눈을 크게 뜨고 책 속의 그림을 보니, 정말로 병뚜껑이 열려있었다.

요즘엔 실내 공기를 깨끗하게 유지하기 위한 노력을 기울인다. 식물도 키우고, 공기청정기도 쓰고, 튀기거나 볶는 요리도 줄이면서 관리한다. 그러다가, 미세먼지 수치가 낮고 공기가 깨끗한 날엔 창문을 모두 활짝 열어 환기한다. 집에 오랫동안 담아두고 싶은 청량한 공기를 들이는 그때, 창틀을 보면 새까만 먼지가 앉아있는 경우가 종종 있다.

창이 깨끗해야 먼지 없는 공기가 들어온다. 창이 더러우면 바깥의 깨끗한 공기 바람이 창을 통과하며 먼지를 안고 집으로 들어온다. 늘 먼지 한 톨 없이 청결한 상태를 유지하긴 어렵더라도, 생각이 날 때마다 한 번씩 닦아준다. 창틀의 위, 옆, 아래, 4면을 모두 닦는다. 메이크업을 지운 화장솜이나 휴지, 구멍 난 양말로 창틀을 한 번 더 닦고 버리는 방법도 있다.

창문을 활짝 열었는데 시야가 답답하게 느껴질 때는 방충망에 먼지가 끼어있을 확률이 높다. 먼지가 잔뜩 낀 방충망은 방충망 네모 한 칸의 크기마저 작아진 것 같이 느껴진다. 방충망도 닦아줘야 한다. 닦은 반쪽과 닦지 않은 반쪽을 보면 방충망의 색이 다르다. 안쪽과 바깥쪽을 수건으로 모두 닦아준다. 혹시 방충망을 한 번도 안 닦아봤다면 마음의 준비가 필요할지도 모른다. 수건에 묻은 먼지는 충격적일 만큼 새까맣다.

비가 부슬부슬 내리는 날은 창을 닦기에 제격인 날이다. 몸의 때도 불어야 제거가 잘 되는 것처럼, 먼지도 적당하게 불어야 제거가 쉽다. 쏟아지는 비에 창문의 먼지가 잘 불지만, 그런 날 창문을 닦으면 내 몸도 비에 홀딱 젖는다. 들이치는 비에 실내도 흥건하게 젖으니, 창문을 청소하기엔 비가 부슬부슬하게 내리는 정도가 딱 좋다. 팔이 살짝 젖는 정도니 견딜 만하다.

방충망을 닦을 때 도구로는 버리기 직전의 낡은 수건이 좋다. 수건에 있는 돌기가 철망의 작은 네모 사이사이를 오가며 먼지를 금세 제거한다. 수건은 반을 잘라 닦는다. 방충망과 닿는 표면적이 클수록 손길이 덜 간다. 하지만, 자르지 않은 큰 수건은 두께가 두껍고 물에 젖으면 무게가 늘어나 철망이 휘거나 구멍이 날 수 있다.

아무리 창문이 더러워도 완전무결하게 닦으려고 욕심을 부리지 않아야 한다. 어차피 공기에는 먼지도 있고, 세균도 있어 반도체 클린룸처럼 깨끗해지지 않는다. 창 전체를 닦지 않아도 괜찮으니 팔이 닿는 곳까지만 안전하게 닦는

다. 창문 밖으로 무리해서 몸을 내밀다 중심을 잃으면 큰일 난다. 팔이 닿는 데까지만 닦고, 닦은 곳까지만 창문을 열어도 된다. 사소한 일에 목숨 걸 필요는 없다. 팔이 닿지 않는 곳까지 닦고 싶을 땐 막대 걸레를 이용한다.

## 창 주변 환경의 정리정돈

유리창 안쪽은 물을 뿌린 다음 신문지를 뭉쳐 닦는다. 재빨리 처리할 수 있다. 유리창 청소의 마무리로 헤어 린스를 발라준다. 이때, 어느 집에나 한두 개쯤은 꼭 있는 유통기한 지난 린스가 유용하다. 유리창을 코팅한 효과가 있어 먼지가 덜 달라붙는다. 유리창 바깥을 닦을 때는 막대걸레와 스퀴즈를 이용하면 편하다. 유리창 외부는 완벽하게 청소하긴 힘들다. 완벽한 청소 품질을 원한다면 전문 업체에 의뢰하는 편이 낫다.

창틀 하단을 보면 빗물이 빠져나가도록 돕는 가로로 긴 구멍이 나있는 걸 볼 수 있다. 그 구멍은 모두 막는다. 모기와 각종 벌레가 드나드는 통로가 된다. 시중에 새끼손가락 두 마디만 한 철망에 끈끈이 처리가 되어있어 간편하게 부착하면 해결할 수 있는 제품이 출시되어있다. 창에는 블라인드와 커튼을 쳐 햇빛의 양을 조절하는 편이 좋다. 너무 뜨거운 여름철이나 너무 추운 겨울철에는 창에 친 커튼과 블라인드를 닫은 채 그냥 둔다. 외기를 차단해 실내의 온도를 보존해주는 효과가 있다. 완벽하게 빛을 차단하고 싶을 땐, 암막 커튼을 이용한다. 숙면을 취하는 데 도움이 된다.

외부 시선을 차단하고 싶을 때는 커튼레일을 두 겹으로 설치해, 커튼을 이중으로 사용하는 방법이 있다. 창문 쪽에는 투명하고 얇은 원단의 커튼을 달고, 집 안에서 보는 쪽에는 좋아하는 디자인의 커튼을 달아보자. 낮 시간 동안 햇빛과 바람을 즐기면서 밖에서 실내를 들여다볼 수 없게 만들 수 있다. 커튼 세탁의 주기는 '하고 싶을 때'로 정한다. 탈수한 상태로 다시 걸어주면 커튼의 무게 때문에 다림질한 것 같이 말라 에너지를 절약할 수 있다. 하늘이 높고 푸른 날을 노린다.

블라인드도 창틀처럼 청소를 해주는 편이 좋다. 가장 빠른 방법은 손에 면장갑을 끼고, 손바닥과 손바닥 사이에 블라인드 날을 껴 왼쪽에서 오른쪽으로 지나는 것이다. 장갑은 세탁해서 또 써도 된다. 구멍 난 양말을 장갑 대신 손에 끼우고 블라인드를 닦은 후 버리는 방법도 있다. 세탁하지 않아도 되니 편하다.

집 안 인테리어와 잘 어울리는 커튼과 블라인드 색을 고르는 데에도 공식이 있다. 무난하게 고르려면 벽 색상과 같은 색상을 고른다. 예를 들면 벽이 흰색일 경우 옅은 회색을 고른다. 흰색 벽지를 시공한 벽이어도, 벽에는 빛의 방향에 따라 그림자가 생겨 완전히 희지 않다. 조금 더 세련된 느낌을 주고 싶으면 마루 색과 잘 어울리는 컬러를 고른다. 예를 들어, 참나무색 마루에는 흐린 연두색을 고르면 편안하게 어울리고, 마루 색이 흑단에 가까운 색이라면 회색이 많이 섞인 초록색을 골라볼 수 있다.

물론 가구와 소품에 따라 고려할 요소가 달라진다. 잡지에 나오는 스타일링을 원한다면 홈 스타일링 전문가의 도움을 받는 것도 방법이다. 시행착오에 따른 시간과 비용을 줄일 수 있다.

# 식물이 깨우는 크리에이티브

## 눈길이 닿는 곳에 식물을 두면 생기는 일

책상에 앉아 조용히 글을 쓰면 잘 써질 것 같았지만, 그렇지 않았다. 글쓰기는 공부와 다르다. 글쓰기는 감성과 이성을 함께 쓰는 작업이어서 좌뇌와 우뇌의 작용이 모두 이루어진다. 아이디어를 떠올리는 일을 우뇌가 맡고, 글로 써 기록하는 일은 좌뇌가 맡는다. 우뇌가 담당하는 감성 영역은 몸을 써야 더 활발히 움직인다. 입을 다물고 키보드를 두들길 때보다 입으로 중얼거리면서 글을 쓸 때 다음 문장이 더 잘 떠올랐다.

매번 산책을 하거나 밖에 나가 운동을 할 수는 없어, 우뇌를 자극하기 위한 방법으로 눈길이 닿는 곳에 식물을 두는 방법을 택했다. 자리를 오가며 물을 주기도 하고, 화분의 위치를 바꿔보기도 하고, 시든 잎을 떼거나 떨어진 잎을 주웠다.

첫 책을 쓰기 시작할 무렵에는 해가 잘 들지 않는 구석에 방치했던 휘커스 움베라타 세 그루를 책상 오른쪽으로 옮겼다. 《123명의 집》에 등장하는 휘커스 움베라타를 다시 무성하게 키워보고 싶은 때였다. 여름을 지나면서 휘커스 움베라타 세 그루의 잎은 모두 자라, 어느새 스무 장이 넘어 있었다. 눈길이 갈 때마다 보이는 새로 올라온 잎의 응원을 받았다. 잎들이 뿜어내는 향기도 좋았다. 나무 세 그루를 52센티미터 높이 선반에 올렸더니 물을 줄 때마다 허리를 굽히지 않아도 돼, 관리하기도 편했다.

식물도 사람처럼 모여있는 것을 좋아하지만 서로 잎이 부딪히는 건 좋아하지 않는다. 잎끼리 간섭하지 않도록 화분을 돌려 잎의 방향을 다르게 하거나, 화분들을 떨어뜨려 배치해 여유 공간을 주는 편이 낫다. 통풍도 잘 되어 벌레, 병으로 고생하지 않는다.

책상 위 창문에는 이제 막 뿌리를 내린 아보카도를 물병에 담아 가운데 두고, 양쪽으로 필레아 페페로미오이데스 자구들을 세웠다. 물병에 담은 식물은 속을 들여다볼 수 있어 쉽게 물의 양을 체크할 수 있다. 글이 써지지 않을 때 고개를 들어 눈인사를 나누면서 할 수 있는 일이다.

지금, 한 평쯤 되는 발코니에는 손바닥 크기로 키가 자란 파파야나무 일곱 그루와 이제 잎이 아홉 개가 된 사과나무, 올리브나무, 아보카도나무가 바깥바람을 쐬며 자라고 있다. 씨앗부터 심은 식물이 자라나는 것을 지켜보는 일은 무에서 유를 만들어내는 창조를 관찰하는 과정이어서 좋은 자극이 된다. 비와 해, 바람을 고루 맞은 나무들이 특히 건강하게 자라나는 것을 보며 느끼는 바가 많다.

## 초록이 깨우는 알파파, 크리에이티브

휘커스 움베라타의 살짝 고개를 숙인 채 늘어진 나른한 잎, 필레아 페페로미오이데스의 둥글고 빳빳한 잎, 아레카야자의 날카로운 잎, 올리브나무의 오밀조밀한 짙은 녹색 잎, 손을 쫙 편 것 같은 모양인 파파야 나뭇잎을 눈으로 따라가는 것만으로도 생각이 따라 흐른다.

규조토를 바른 벽, 마루를 깐 바닥, LED 불빛, 컴퓨터 팬 돌아가는 소리, 알루미늄 창 프레임, 전자음으로 꽉 찬 집에 초록빛 식물이 들어오면 살아있는 생물이 주는 에너지가 돋보인다. 초록색이 깨우는 알파파가 집중력을 키우고 마음을 안정시킨다.

아보카도를 먹고 난 씨를 화분에 심었다. 세 번의 여름을 보낸 아보카도는 가로로 가지를 뻗으며 쑥쑥 자랐다. 다음엔 어떤 모양으로 나올까 궁금했고 볼 때마다 즐거웠다. 그 모습을 남기고 싶어 직접 그렸다. 글을 쓰던 책상에 앉아 2H 연필, 수채화 파레트를 펼쳐두고, 자리를 오가며 그림을 그리고 색을 채웠다. 잘 그리든 못 그리든 신경 쓰지 않으니 연필이 도화지를 슥슥 지나는 소리를 듣는 것만으로도 좋았다. 지금은 또 한 뼘 자라 나무의 모양과 느낌은 달라졌는데, 자연이 만들어낸 것을 직접 그리면서 성취감을 느낄 수 있다.

올해 여름엔 자주 비가 내렸다. 길에서 만나는 플라타너스나무와 단풍나무도 키가 많이 자랐고, 잎도 풍성하다. 뜨거운 태양을 받은 푸른 잎의 빛이 정점을 찍고 있는 요즘, 기운찬 나무의 생명력이 내게도 전해진다. 매일 눈부신 초록을 보는 일을 소홀히 하지 않는다.

위대한 예술가만 창조성을 지니고 태어나는 것은 아니다. 일상에서도 업무를 할 때도, 앉은 자리에서 스스로 활력을 줄 수 있는 방법은 늘 있다. 식물을 매개 삼아 집중력을 키우고, 나만의 크리에이티브를 깨우는 시도를 해보면 좋겠다.

전자음으로 꽉 찬 집에 초록빛 식물이 들어오면
살아 있는 생물이 주는 에너지가 돋보인다.
초록색이 깨우는 알파파가
집중력을 키우고 마음을 안정시킨다.

# 아름다운 것과 가까워지기

좋아하는 꽃, 새로운 취향을 발견하는 기쁨

'취향'은 비싸고 근사한 것들로 이루어진 컬렉션을 의미하지는 않는다. 주변의 것에서 좋아하는 것을 선택하고, 내게 필요하지 않은 군더더기를 털어내다 보면 취향이 생기고, 그렇게 찾은 취향은 곧 라이프스타일이 된다. 내게 좋은 에너지를 주는 것으로 둘러싸인 일상을 보내는 것이다. 좋은 것, 아름다운 것을 가까이 두면 '하고 싶은 일', '하고 싶다'는 마음에도 집중할 수 있다.

무성하게 자란 나무들을 이발해주면서, 잘라낸 줄기를 쓰레기통으로 쑤셔 넣는 게 영 미안했다. 이것들이 버려지지 않게 할 방법이 없을까 고민하다가, 꽃꽂이에 활용하는 방법을 떠올렸다. 꽃을 키우는 건 어떨까. 꽃은 계절에 따라 다양한 색을 보여주니, 초록만 보이는 실내의 지루함을 달래기도 좋을 것 같았다.

꽃꽂이를 배우기 시작하니, 꽃의 색 중에서도 내게 조금 더 좋은 에너지를 주는 것들이 있다는 사실을 깨달을 수 있었다. 꽃꽂이의 모양도 좀 더 좋은 감정이 들게 하는 것이 있었다. 오렌지색을 보면 속이 시원했고, 동그란 구 형태로 꽂은 꽃들은 자꾸 보고 싶었다. 핀터레스트나 인스타그램으로 마음에 드는 이미지를 스크랩해 모아두고, 공통점이 있는 것끼리 정리하는 일을 즐긴다. 취향을 만드는 데에는 '부지런히 보는 일'이 큰 도움이 된다.

김성윤 작가의 전시 〈Arrangement〉를 본 적이 있다. '작가가 꽃을 말하는 세 가지 스타일'을 주제로 하는 전시였다. 플랑드르 스타일의 큰 그림부터 파스타소스를 담은 병에 꽃을 꽂은 일상꽃꽂이까지 47점의 작품을 볼 수 있었다. 유한한 생명의 꽃을 그림으로 남기면 영원히 볼 수 있다. 전시관의 지하에서는 작가가 좋아하는 마네의 꽃 그림을 재해

석해 그린 작품을 볼 수 있었다. 마네는 매독에 걸려 고통스럽게 죽어가던 마지막 2년 동안, 병문안을 온 사람들이 가져온 꽃을 그렸다고 한다.

각종 파스타소스병을 모아 그 유리병에 꽃을 꽂은 그림들이 흥미로웠다. '일상적 꽃 어레인지먼트Arrangement'가 내게도 영감을 줬다. 액자의 색을 노랑, 초록, 베이지 등의 리넨으로 다양하게 변주해 아트 영역으로 활용한 것도 눈에 들어왔다. '나도 예쁜 유리병은 모아두는데?' 생각이 들어 어느 브랜드의 어떤 유리병인지 기록하는 작가의 방식을 따라하고 싶어졌다.

## 아름다움을 대하는 마음

꽃을 특별히 싫어하는 사람은 보지 못했다. 일상에 꽃을 들여 얻는 행복이 있다. 9년 째 꽃집을 하고 있는 이에나 선생님의 플라워 클래스를 들은 적이 있다. "우리나라에는 화병을 갖고 있는 사람이 드물다"는 말을 들었는데, 나 역시 마찬가지였다. 사실, 꽃은 가위로 잘라 물에 넣어두는 것만으로도 아름답다. 비싼 화병을 따로 사지 않아도 된다. 타샤

튜더 할머니는 정원의 꽃들을 통조림 깡통에 담았다. 절대적 아름다움보다 정작 중요한 것은 아름다움을 대하는 마음과 태도일지 모르겠다.

파리바게뜨와 딸기잼 프로모션 미팅을 한 적이 있다. 잼의 병 디자인을 이탈리아의 대표 산업디자이너 알렉산드로 멘디니에게 의뢰해 만들었다는 말을 듣고 깜짝 놀랐다. 옆에서 본 모양이 사다리꼴이라 특이했다. 병 디자인을 살리기 위해, 국내 유리병 제작 업체와 기술적인 문제를 해결하기 위한 노력이 있었다고도 했다. 잼이나 파스타소스를 담는 병은 안전해야 하고, 예뻐야 한다는 기준에 부합하기 위해 부단한 노력을 거친 결과물이다. 특히 파스타소스병은 디자인 강국 이탈리아의 것이 많다. 이 병을 꽃병으로 쓰거나 수납에 활용한다.

또한 국내식품의약품안전법상 식품용 포장용기에는 매우 높은 수준의 안전성이 요구된다. 한 번 쓰고 버리기 아까울 정도다. 정리정돈에도 포장용기를 활용해보자. 파스타면, 말린 곡식, 피클이나 각종 절임을 담는 보관함으로 활용하면 좋다. 비슷한 모양과 크기를 가진 것들을 모아주면 아름답게 정리할 수 있다. 병의 용량을 정확히 알 수 있으니 재고 관리하기도 편하다.

포장용기에 흙이나 장식용 돌, 꽃씨 같은 걸 수납하고, 단추나 실, 크레파스나 색연필, 물감을 수납하는 용도로 다양하게 활용한다. 이때는 색이 같은 것끼리 모아 수납하면 아름답다. 무인양품의 디자인 고문 하라 켄야는 주기적으로 좋아하는 색의 색연필을 골라 모아둔다고 한다. 좋아하는 색감으로 표현한 그의 스케치는 독창성을 띤다. 정리에도 이 방식을 적용할 수 있다.

## 하고 싶은 일,
## 취미의 중요성

### 쓸 데 없이 바쁘다면

정신이 없는데, 왜 정신이 없는지 알지 못한다. 왜 매일 바쁘고 힘든 걸까. 왜 의자 뺏기 게임하듯 조바심을 내며 스마트폰만 들여다보고 있을까. 쳇바퀴 속에서 아무리 열심히 달려봤자 결국은 쳇바퀴 안이다. 그렇게 꽁지에 불이 붙은 것처럼 뛰기만 하는 건 그만하고 싶었다.

하고 싶지 않은 일에 쓰는 시간과 에너지를 줄여야겠다고 생각했다. 당연하다고 생각했던 일에 브레이크를 걸었다. 쇼핑을 즐기지 않는데, 굳이 계절별 신상품을 체크하거나, 필요하지도 않은데 마트를 돌아다니며 하나하나 둘러보는 일, 유행하는 것을 살피는 일을 떠올렸다. 2014년 12월 기준으로 인스타그램에는 하루 평균 7,000만 장의 이미지가 생성된다. 유행은 시간이 지나면 모래알처럼 손에서 빠져나간다. 남는 건 본질이다.

쇼핑은 필요한 게 있을 때만 한다는 규칙을 정하고, 대형 마트에 가는 횟수는 줄이고 동네 가게를 이용하기 시작하니 시간이 조금 헐거워졌다. 살림살이 유지와 관리에 들어가는 시간도 줄였다. 이번 여름, 반바지 두 개로 대부분의 의생활을 해결했다. 매일 똑같은 옷을 입어도 오히려 자유롭기만 했다.

내가 가진 시간과 자원을 어디에 쓸 것인지를 결정하는 건 나다. 내 몸과 내 시간에 대한 주권은 '내'가 갖고 있다. 그런데, 내가 어떨 때 가장 행복한지 알지 못하니 남들이 좋다는 건 다 해보면서 늘 정신없이 바빴다. 선택과 집중이 되지 않는 상태에서 벗어나 내가 원하는 것에 집중하기로 작정했다.

집 안 가득 식물을 키운 경험을 나누고 싶다는 마음이 글쓰기 취미를 촉발했다. 하루 종일 앉아 있어도 한 문단도 쓰지 못하는 날도 있었다. 무슨 수를 써도 글이 써지지 않는다. 잠이 오지 않을 때, 잠을 청하려 온갖 노력을 기울여도 잠이 오지 않아 밤을 꼬박 새게 되는 것과 비슷하다. 차라리 잠자기를 포기하고, 지루한 책을 읽다보면 잠이 오기도 한다.

글이 써지지 않을 때 역시 다른 걸 해보면 좋다. 잡초를 뽑거나, 설거지를 하거나, 샤워를 하면 아이디어 한 조각이 비눗방울처럼 부풀어 오른다. 이렇게 떠오른 생각들은 얼른 적어두지 않으면 탁 터져 공기 중으로 날아가버리니, 재빨리 적어 보존해야 한다. 글이 아닌 일에 대한 아이디어가 솟구칠 때도 있다. 적당히 몸도 움직이면서 스쳐 지나가는 생각을 붙잡아 행동으로 옮겨야 글도 삶도 나아진다는 걸, 뒤늦게 깨달았다.

## 마음을 채우는 취미

'취미'를 다시 생각하게 된 건 《시시콜콜 네덜란드 이야기》라는 책을 읽을 때였다. 저자가 주5일 일하는 정규직이라고 말하니, 아르바이트를 하는 친구가 그럼 취미 생활은 언제 하느냐고 물었다는 에피소드를 봤다. 먹고사는 일만큼 취미를 중요하게 생각하는 사람이 할 수 있는 질문이었다. 네덜란드 사람들은 주당 27시간을 일하면서 GDP 세계 11위이고, 행복지수가 일곱 번째로 높은 나라다.

취미는 감성의 영역이고, 그저 즐기기 위해 하는 일이면 된다. 아무 생각 없이 그림을 그리거나, 아무 생각 없이 꽃을 꽂거나 공을 차는 일, 그냥 좋아하는 것을 하는 게 취미다. 내가 좋아하는 것을 하는 동안, 마음이 채워진다. 귀가 예민하고 컬러를 즐기는 나는 악기를 다루는 일보다는 그림을 그리거나 꽃을 꽂는 게 재미있다. 보태니컬 수채화 과정을 듣고, 식물원 가드닝 과정도 수료하고, 화훼장식기능사 자격증도 땄다. 취미 생활을 탐색하다 보면, 하고 있는 일과 엮을 수 있는 새로운 아이디어가 떠오르기도 한다. 놀고 있지만 일하고 있는 상태가 되는 것이다.

즐기기 위한 일은 주로 몸을 움직이는 행동을 동반한다. 그림을 그려도 눈과 손과 팔을 함께 움직이며 몸을 써야 하고, 배드민턴을 배워도 포즈를 생각하며 공이 오는 걸 보고 팔을 움직여 내리쳐야 한다. 우쿨렐레 같은 악기를 연주할 때는 악보를 보며 눈을 쓰고, 왼손으로는 코드를 잡고, 오른손으로는 줄을 퉁기며, 입으로는 노래를 부른다. 무의식의 흐름에 몸을 맡겨 본다.

생각은 머리, 이성, 좌뇌, 의식, 어른과 관련이 있고, 마음은 몸, 감성, 우뇌, 무의식, 아이와 관련이 있다. 원색적으로 좋고 싫음을 드러내는, 유치한 마음이 큰 일을 결정한다는 것이다. 아무리 머리에서 뭔가를 하라고 해도 마음이 움직이지 않으면 몸은 끄떡도 하지 않는다.

이성이 강한 의지로 몸을 일으켜 일해야 한다고 의식적으로 생각해왔다. 그동안 내 모습은 한 쪽 바퀴가 터진 상태로 모는 자동차였다. 마음을 채워야 이성이 이끄는 대로 몸도 움직인다. 취미를 소중하게 여기는 네덜란드 사람들은 스스로 가득 채운 마음의 힘을 알고, 잘 이용하기 때문에 적게 일하면서도 높은 소득 수준을 유지할 수 있다. 일은 일, 취미는 취미라 선 긋지 않고, 일찍부터 일과 취미를 양립하는 것도 좋을 것 같다.

## 비워서
## 생기는 여유

숨 막히는 살림살이 정리하는 법

집집마다 다녀보면 생활방식과 취향은 매우 다양한데, 거의 모든 집이 관리가 가능한 상태를 넘어선, 넘치는 살림을 갖고 있다는 사실을 알 수 있다. 방마다 하나씩 있는 옷장은 문이 닫히지 않을 만큼 많은 옷이 걸려있고, 더 이상 정리해 넣을 공간이 없어 베란다 가득 옷을 산더미처럼 쌓아둔 집도 보았다.

주방 싱크대 위에는 정수기, 커피메이커, 각종 약, 조리

도구가 자리를 차지하고 있어 요리할 공간이 부족하다. 세탁기 위에는 세탁세제부터 빨래 바구니까지 빈 공간 없이 물건이 가득 차있다. 재활용 쓰레기까지 함께 두어 창고가 되기 쉽다. 많은 이들의 살림살이가 그렇기에 부끄러워할 문제는 아니다. 물질이 풍요로운 21세기의 라이프스타일이라고도 할 수 있겠다.

하지만, 구석구석 재고가 많다는 것은 곧 관리할 대상이 많다는 걸 의미한다. 기억해야 할 데이터가 많다. 살림살이를 보관한 장소, 용도, 관리법 등 다양한 정보를 기억해야 하니 보유 재고가 많을수록 정신이 없다. 냉장고 속 식재료 등 재고를 살피자니 정신이 없고 손쓰기 어려울 정도가 되었다는 생각이 들면, 그때가 바로 멈추고 비울 때다.

그렇다고 해서 한꺼번에 집 안을 뒤집으려고 하면 시작이 어려워진다. 일단 목표는 서랍 한 칸, 서랍장 한 개. 이런 식으로 단위를 쪼개 지금 할 수 있는 작은 일부터 시작한다. 서랍을 열어 물건을 모두 밖으로 꺼낸다. 있는지도 몰랐던 잡동사니가 방바닥에 뒹굴 것이다.

'언젠가 쓸 거야' 생각이 드는 물건은 모두 정리하는 것으로 정리의 기준을 정하면 쉽다. 그 기준을 통과해 남은, 지금도 쓰거나 입을 수 있는 것만 서랍에 다시 넣는다. 서랍장 역시 공기가 통해야 하기 때문에, 반만 채우는 것을 원칙으로 한다. 서랍마다 실리카겔을 넣어주면 좀 더 쾌적하게 관리할 수 있다.

## 정리하니 생기는 활력

이렇게 서랍장을 정리한 뒤에는 옷장으로 넘어간다. 옷을 바로바로 입을 수 있도록 관리하려면, 계절에 맞춰 옷장을 정리해야 한다. 언제 입을지 모르는 유행 지난 옷에도 품이 들어간다. 옷 정리의 기준은 '작년 이맘때 떠올리기'다. 지금이 여름인데, 작년 여름에 한 번도 입지 않은 옷을 발견하면 가차 없이 정리한다. 비싸게 산 옷이라고 해도 옷장에서 치운다. 이렇게 정리하는 습관을 들이면 어느새 버리는 게 귀찮아서, 새로 사기에 신중해지고 선택과 집중의 기준이 또렷해진다. 대신 늘 곁에 두고 보는 식물과 책을 살 때는 후한 기준을 적용한다.

생활하다 보면 버리기 애매한 문서들도 생겨난다. 통신 계약서, 처방전 같은 버리기도, 갖고 있기도 애매한, 다시 보지 않는 문서들이 있다. 뾰족한 수가 없어 나름대로 서류

함에 보관해 수납하게 되는데, 그것도 부피가 점점 늘어나 난감해진다. 필요할 때 꺼내 쓰기도 어려워진다. 《거의 모든 것의 정리법》을 읽은 후, 애매한 문서는 스캔해 PDF 파일로 정리하고 종이서류는 다 버렸다. 에버노트 앱을 이용해 저장했는데, 에버노트는 문서의 글자 검색도 가능해, 필요한 서류를 찾기도 쉽다. 15년간 쌓인 서류를 모두 그렇게 정리했다.

쓰지 않는 살림살이를 줄여 공간을 비우면 마음과 정신에도 그만큼의 여유 공간이 생긴다. 컴퓨터의 불필요한 메모리를 정리해 컴퓨터를 이용한 작업에 속도를 높이고 활력을 주는 것과 같은 이치다. 덕분에 비로소 취미에 집중할 시간과 에너지도 생겨난다. 비워서 생긴 여유를 완전히 내 것으로 만들면 좋아하는 일, 취미 생활에 조금 더 에너지를 쓸 수 있다.

그렇다고 해서 한꺼번에 집 안을 뒤집으려고 하면
시작이 어려워진다.
'서랍 한 칸, 서랍장 한 개'로 단위를 쪼개
지금 할 수 있는 작은 일부터 시작한다.

# 좋은 글을 쓰기 위해서

## 읽고 쓴 날들

'글쓰기'가 열풍이다. 사회 각계각층 전문가의 글은 직접 경험하지 못한 것을 간접경험하게 해주는 좋은 매개체다. 다양한 글을 읽을 수 있어 '읽는 재미'가 쏠쏠한 요즘이다. 좋은 글을 쓰려면 우선 많이 읽어야 한다. 훌륭한 작가는 모두 독서광이다.

사람과 이야기, 읽는 재미를 좋아해 선택한 직업이 기자였다. 기자가 되기 전에는 잡지사에서 주는 몇 꼭지를 받아 취재하면서 글 쓰는 연습을 할 수 있었다. 여느 일과 마찬가지로 초보에게는 발품을 팔아야 하는 일이 주어졌다. 한여름에는 가구거리를 돌며 취재하는 일, 한겨울에는 의류 오프라인 매장을 돌며 인터뷰하는 현장 취재를 하며 글을 썼다.

뷰티 꼭지글을 할당받았을 때는 한 방송사 대기실에 무작정 들어가 '연예인 파우치를 털자'로 지면을 채울 수 있었다. 힘 들여 익힌 것은 쉽게 잊히지 않는데, 그렇게 익힌 게 글이어서 다행이라는 생각도 든다. 이 일을 계기로 잡지사에 취업할 기회도 얻었다. 좋아하는 일을 업으로 삼는 디딤돌이 됐다.

그러나 좋아하는 일이 밥벌이의 도구가 되어 해낼 것이 많아지면 고민과 싫증도 늘어난다. 자주 펼쳐보던 잡지가 눈앞에 쌓여 있어도 보고 싶지 않았다. 마침 다니던 회사의 상황도 크게 나빠져, 자의로 글쓰기를 멈추기 전에 글을 쓰지 못하게 됐다. 그 후로 오랫동안 글을 쓰지 않았다.

미세먼지 때문에 실내에 식물을 많이 키우면서 미세먼지와 우울한 마음을 줄여나간 경험, 긍정적인 마음이 생겨나는 경험을 나누고 싶었다. 가장 익숙한 도구는 역시 힘들게 익힌 '글'이었다. 카카오 브런치 플랫폼에 군더더기 없이 솔직한 글을 쓰기로 마음먹고 연재를 시작했다. 처음 몇 개의 글은 재미있게 썼는데, 계속해서 즐겁지는 않았다.

그럴싸한 걸 쓰려고 하니, 앞으로 나아가지 못하고 더듬이 한 쪽이 떨어진 개미처럼 제자리를 돌고 있었다. 그때부터 다시 '읽는 재미'를 찾아 나섰다. 《나를 치유하는 글쓰기》, 《헤밍웨이의 작가 수업》, 《직업으로서의 소설가》 등 읽어보고 싶은 건 전부 찾아 읽다 보니, 내 글이 마음의 문제와 맞닿아있다는 사실을 탐색할 수 있었다.

## 결국, 마음을 돌보는 일

너도 나도 어떤 모양을 정해두고 거기에 나를 맞추며 사는 방식에 익숙하다. 스무 살이 되면 대학에 가고, 졸업하면 취업에 매진하면서 '나'에 대한 탐구는 늘 뒤로 미룬 채 눈앞에 닥친 오늘, 내일을 해결하는 데 급급하다. 짐을 잔뜩 넣고 잡아 눌러 지퍼를 닫아둔 여행용 트렁크와 비슷한 모습이다. 좀처럼 뚜껑을 열어 차곡차곡 정리하고 싶은 마음이 생기지 않는다.

하지만 마음도 하나하나 꺼내 정리하는 작업이 필요하

다. 무엇이 좋은지, 싫은 마음은 어떻게 표현하는지 스스로 들여다보는 일을 시작했다. 내가 누군지 모르는 채로 사는 것은 뿌리 없는 나무와 같다. 알맹이가 없는 글도 뿌리 없이 흔들리는 나에게서 나온다. 뿌리가 단단하지 못한 나무는 풍파에 몸살을 앓고 쉽게 쓰러진다.

내 마음의 문제는 스스로 잘 알고 있다고 생각하기 쉽지만 마치 수학문제처럼 막상 공책을 펼쳐 풀어보려고 하면 풀리지 않는다. 귀찮음과 낯뜨거움을 무릅쓰고 마음을 따라 쓰면 좀 낫다. 《아티스트 웨이》에는 '내면의 상처 입은 어린 아티스트의 목소리를 따라 편지를 쓰라'는 예제가 있다. 예문은 '언니는 멍청이야. 이 돼지 같은 언니, 미워 죽겠어!'다. 따라 쓰며 키득키득 웃음이 난다.

내게 맞는 방향성, 지금 필요한 것을 찾는 일이 중요하다. 사과는 다닥다닥 붙어 있는 열매를 솎아내고, 하나하나를 봉지로 감싸는 수고가 필요하며 수박은 열매가 장맛비에 무르지 않도록 땅에서 띄우는 받침대가 필요하다. 사과에 받침대를 받치거나, 수박을 봉지로 싸는 것은 아무리 열심히 해도 쓸데없는 일이다.

방향성을 찾는 데에는 마음을 안정시키는, 좋은 영감을 주는 것들을 모아보는 것도 도움이 된다. 어린 시절 사진 몇

장을 꺼냈다. 사진 속의 나는 엄마가 손수 지어준 옷을 입고 있다. 1985년 6월이라고 쓰인 다른 사진 속에는 피아노 앞에 나와 동생들이 환하게 웃고 있다. 그 사진들을 코르크판에 붙여 벽에 고정하고, 벽면에 나를 믿고 지지해주는 응원의 메시지를 잔뜩 붙였다.

책상 한 모퉁이엔 벼룩시장에서 건져 올린 플라스틱 탁상시계가 있고, 알록달록 펠트 구슬로 만든 코스터 위에 홍송 디퓨저가 있다. 그 옆에는 좋아하는 페퍼민트와 레몬 에센셜오일을 두었다. 좋아하는 것들이 모여 있는 책상 앞에 앉아 그날의 영감으로 여과한 일상을 매일매일 쓴다. 마음을 들여 한 줄 한 줄 나아가니 스스로 느끼기에 글도 훨씬 좋아졌다.

# 생각을 종이로 옮기는 만년필 예찬

## 잉크, 펜과 친해지기

학교 앞 문방구는 유행의 산실이었다. 흰 종이 위에 검은 궁서체로 쓰인 '펜글씨 교본'이라는 전단이 바람에 빙글빙글 돌아가는 모습을 보며, 나도 써보고 싶다는 마음이 강하게 솟구쳤다. 그러나 당시 나의 엄마는 공부에 도움이 되는 것에만 예산을 집행했다. 엄마의 관문을 통과하기 위한 나름의 논리를 준비한다. 엄마의 기분이 좋을 때, 어렵게 이야기를 꺼내니 엄마가 흔쾌히 지갑을 열었다. '역시 예쁜 글

씨가 공부에 도움이 된다는 건 괜찮은 논리였어.'

펜글씨 교본과 펜을 구입했다. 잉크를 찍어 글씨를 쓰는 행위가 멋있어 보였다. 잉크를 찍어 글씨를 쓰면 펜촉의 거친 마무리에, 종이의 표면이 뜯겨 번졌다. 펜으로 잉크를 찍어 글씨를 쓰는 건 재미있었다. 그저 잉크를 한 번 찍었을 뿐인데 글씨가 써진다. 펜을 들어 앞, 뒤, 위아래를 모두 살펴도 잉크를 저장하는 공간이 없는데, 잉크는 계속 나온다. 붓처럼 먹물을 머금은 것도 아닌데. 호기심이 발동해 볼펜, 샤프, 젓가락에 잉크를 찍어 글씨를 써보기 시작했다. 신기하게 그래도 글씨가 써지긴 했다.

엄격한 예산 집행 기준을 통과해 구입한 펜과 펜글씨 교본이었기 때문에 엄마의 감사를 피하려면 어쨌든 다 써야 했다. 펜으로 잉크를 한 번 찍어 한 페이지쯤 쓰면 잉크가 떨어졌는데, 펜을 잉크에 찍는 그 행위가 좋아서 잉크를 자꾸자꾸 찍었다. 내 펜글씨 교본 위엔 잉크가 번진 뚱뚱한 글씨로 가득 찼고, 종이는 옴팡 젖었다. 펜과 잉크는 내 머릿속 놀이 폴더에 저장됐다.

잡지사에서 일을 시작하고 수석 선배가 선물한, 빨간 하이힐 같은 모양의 워터맨 만년필을 잊을 수 없다. 손바닥 안에 쏙 들어올 만큼 작고 펜촉과 스트링은 금으로 반짝이는,

Twenty years from now you will be more
disappointed by the things that you didn't
do than by the ones you did do. so throw off
the bowlines. sail away from safe harbor.
catch the trade winds in your sails.
Explore. Dream. Discover
- Mark Twain -
INK

새빨간 바디의 만년필이었다. 첫눈에도 귀해 보였다. 풋내기인 내게 만년필로 좋은 기사를 쓰라는, 무언의 응원이었던 것 같다. 그러나 만년필 잉크가 가방 안에 흘러 젖을까 신경 쓰였고, 취재 도중 잉크가 똑 떨어질까 봐 불안했다. 볼펜으로 수첩에 빠르게 적는 효율만 알고, 멋을 몰랐다.

다이어리가 대유행하던 때엔 EF촉의 라미 사파리를 썼다. 투명한 만년필은 잉크 사용량을 바로 체크할 수 있는 장점이 있었다. 잉크를 다 쓰고 채울 땐 열심히 일한 것 같아 만족스러웠다. 이니셜을 새겨, 선물도 많이 했다.

하루하루 숨이 찼던 임신과 출산, 육아와 업무의 시간 속에서 만년필에 잉크를 채워 쓸 만큼의 여유도 없이, 되는 대로 볼펜, 샤프, 연필을 오가며 쏟아지는 업무를 한 개 한 개 쳐냈다. 만년필은 다이어리와 함께 점점 더 내 일상의 변두리로 밀려났다.

## 글은 손으로 써야 한다

글을 쓰기 시작하면서 생각이 흐르는 장소, 사물, 도구, 음악, 색 등을 예민하게 찾아본다. 그때는 판단을 내리는 이성의 활동은 잠깐 접고, 마음의 소리에 집중한다. 감성은 마음이 편한 환경에서 조심스럽게 촉수를 내민다. 내 마음은 나무가 많은 공간을 좋아한다. 단풍나무의 다섯 손가락 잎부터 소나무의 뾰족한 바늘잎, 측백나무의 뭉툭한 비늘잎, 굴참나무의 톱니 잎. 잎 모양을 따라 가며 관찰하는 것만으로도 여러 생각이 뭉게구름처럼 피어오른다. 나비와 벌이 날아다니고, 새가 우는 걸 보면 생각은 나비처럼 춤을 추고, 새소리에 맞춰 반주를 한다. 이성이 부리는 욕심은 줄어들고, 감성이 읽어내는 묘사가 펼쳐진다.

재작년 읽은 줄리아 카메론의 《나를 치유하는 글쓰기》와 연이어 읽은 스티븐 킹의 《유혹하는 글쓰기》에 손으로 글을 써야 한다는 말이 있었다. 그래서 만년필을 다시 꺼냈다. 잉크가 흐르는 만년필은 사고의 흐름을 잘 따라갔다. 볼펜으로 쓴 글씨는 읽을 때 눈을 부릅뜨게 되고, 만년필 글씨는 흐르듯이 여유롭게 읽혔다.

키가 작고 가볍고, 보기에도 만족스러우며, 뚜껑을 끼워 써도 무겁거나 불편하지 않은 길이, 부드럽게 흘러가듯 미끄러지지만 힘 있게 글씨를 담을 수 있는 만년필은 카웨코KAWECO에서 찾았다. 1883년부터 만년필로 먹고산 브랜드로 마무리와 성능이 독일답다. 부드럽게 미끄러지는 필기감도 좋고, 써진 글씨가 보기에도 좋아 나무랄 데 없다. 카웨코의 페르케오 시리즈는 엔트리 모델로, 가격이 저렴하고 플라스틱 바디에 스테인리스 펜촉을 가졌다. 나는 이 펜이 제일 좋다.

혹시 다른 만년필을 만나면 글이 더 잘 써질까 싶어 만년필에 대한 탐색이 시작되었다. 주변 사람들에게 안 쓰는 만년필을 나에게 버려달라고 부탁했다. 동생에게서 빨간 바디에 14K F펜촉을 가진 이탈리아 브랜드 오로라의 옵티마가, 엄마의 창고에서는 아빠가 대학생이었던 내게 선물했던 파카 만년필 두 자루가 나왔다. 내게로 온 만년필을 커피 물에 며칠 밤 불려 세척했다. 속을 비워낸 만년필은 다시 잉크를 머금는다.

요즘에는 다시 카웨코의 페르케오를 쓴다. 깊은 바다를 닮은 남색 잉크를 넣어서. 손에 익은 만년필이 마음을 활짝 연다. 사고를 글로 빠르게 변환해주는 도구로서의 만년필. 좋은 에너지를 주는 물건과 되풀이해 읽고 싶은 책에 둘러싸인 공간에 들어가 만년필의 뚜껑을 여는 순간, 내 마음속 보물창고도 함께 열린다.

# 시간 관리의 기술

## 일을 위한 시간

요즘에는 6시간을 자고, 일어나자마자 20분 동안 '모닝 페이지'를 쓴다. 커피를 마시면서 쓰기도 하고, 다 쓰고 나서 커피를 마시기도 한다. 이것만 해도 마음이 편해진다. 그 후엔 가족들의 아침식사를 준비한다. 아침에는 주로 토스트와 달걀, 꿀을 넣은 우유를 마시거나 샌드위치나 그릭 요거트 같은 냄새가 나지 않는 메뉴를 먹는다.

식사를 준비하는 틈틈이 책을 펼쳐 읽는다. 달걀을 굽

는 5분 동안 몇 페이지를 읽을 수 있다. 남편이 아침을 먹는 동안에는 긍정적인 대화 몇 마디를 나누려 노력한다. 남편이 7시 25분에 나가면, 아들의 아침식사를 차려두고, 얼른 요가를 시작한다. 아들이 8시쯤 일어나니 넉넉잡아 30분은 확보할 수 있다. 아들이 아침을 먹는 동안 씻고 설거지를 해두면 9시 전에 하루를 시작할 준비를 끝낼 수 있다.

책은 늘 챙긴다. 업무 미팅이 있을 때도 책을 챙겨 가면 상대가 늦더라도 그 시간을 날 위한 시간으로 바꿀 수 있다. 시간을 아끼는 방법으로 데이터가 자동으로 공유되는 맥Mac 기반 시스템을 이용한다. 맥북과 아이폰을 이용해 아이페이지에 기록한 글은 언제든 다양한 기기에서 자유롭게 꺼내 쓸 수 있다. 윈도우 운영체제를 사용해야 하는 업무는 페러렐즈로 해결하고 있다. 데스크톱 의존도를 줄여 생산성을 키우기 위해 노력 중이다. 노트북, 핸드폰을 이용해 메모하고 언제든 (콘텐츠) 생산자가 될 준비를 한다.

## 글을 위한 시간

글을 쓰기로 마음먹으면 시간을 확보하기가 더 어려워

진다. 밥벌이노동을 할 때 접하지 않은 정보를 저장하고 해독하는 일도 쉽지 않다. 스위치를 돌리듯 왼쪽에서 오른쪽으로, 오른쪽에서 왼쪽으로 방향을 바꿔 전환이 되면 좋겠지만, 모드 전환에는 생각보다 더 오랜 시간이 걸린다.

그래서 뇌에 주는 신호 체계를 달리 해봤다. 방 한구석에 가로 110센티미터, 세로 50센티미터의 작은 물푸레나무 책상을 놓고 글쓰기를 위한 공간을 따로 마련했다. 책상 위 벽면에는 좋아하는 것들을 모아 붙였다. 글쓰기를 위한 공간을 만들고, 창작 도구를 세팅한 뒤, 뇌에게 이제부터는 감성 노동을 할 때라고 알려준다. 걸리지 않던 시동이 걸리는 것처럼 집중 모드로 전환된다.

좋은 글을 쓰게 해주는 글감은 평범한 일상 속에서 불쑥 나타난다. 설거지를 할 때, 샤워를 할 때, 특히 식물을 돌볼 때 우뇌의 움직임이 가장 활발하다. 하지만 떠오른 글감, 생각들은 휘발성이 강하기 때문에 날아가기 전에 바로바로 메모한다. 메모장은 깨끗한 면이 바로 보이도록 펼쳐두고, 옆에는 펜을 같이 둔다.

필기도구도 마음을 건드리는 것들로 꾸준히 업데이트한다. 지난 달에는 깊은 초록색 바디의 펜을 샀다. 펜에서 흐르는 수성 잉크가 숲을 적시는 이슬 같다. 잉크가 충분히 흐르는 펜을 사용하는 이유는 종이노트 위에 메모할 때 생각의 흐름이 좀 더 길게 이어지게 하기 위해서다. 실시간으로 기록해 남긴 생각은 꽤 의미 있는 글감이 된다.

읽은 책의 문장과 기사 속 내용의 인용이 필요할 것 같으면 에버노트에 스크랩한다. 에버노트는 손으로 적은 메모도 검색해 찾을 수 있는 점이 아주 매력적이다. 책이나 기사를 사진으로 찍어두어도 나중에 검색해 찾을 수 있어 인용이 필요할 때 바로바로 꺼내 쓸 수 있다. 글쓰기를 위한 보물창고에 보물 하나하나를 채워나가는 재미가 있다.

## 식물을 위한 시간

바쁜 와중에 그 많은 식물을 어떻게 직접 관리하느냐는 질문을 많이 받는다. 일상에서 식물을 위한 시간을 따로 빼두는 게 나도 쉽지 않다. 집 안을 오며 가며 두세 가지 동작을 휙휙 해내는 방법을 사용한다. 이를 닦으면서 물통에 물을 받고, 식물의 잎을 정리하는 식이다.

다행히 공기정화식물은 대부분 관엽 식물이고, 손이 많이 가지 않는 편이다. 그래도 식물의 수가 많으니, 처음에는 식물에 물을 주는 데만 한 시간 반이 걸렸다. 여러 번 왔다 갔다 하며 2리터짜리 물 조리개로 급수하니, 운동이 되었던 것인지 체중도 4~5킬로그램 정도 줄었었다.

똘똘한 도구를 준비한 것도 도움이 됐다. 분무할 때마다 손잡이를 당기지 않아도 자동으로 물을 뿜는 분무기로 바꿔 물을 주었고, 조리개 대신 손잡이가 달린 9리터 용량의 양동이 두 개도 썼다. 물을 가득 채우면 18킬로그램 정도가 되어 꽤 무거운데, 요가로 키운 근력이 도움이 됐다. 이것도 경험이 쌓이니 화분에 어느 정도의 간격을 두고 물을 줘야 하는지, 물을 얼마나 주어야 넘치지 않는지 파악이 됐다. 실수를 줄여 수습하는 데 드는 시간도 줄였다.

## 살림을 위한 시간

집이 일터이자 작업실이고, 살림터기 때문에 시간 관리에 더 신경 쓴다. 다양한 일을 톱니바퀴가 맞물려 돌아가듯이 자연스럽게 해내는 게 중요하다. 톱니바퀴가 부드럽게 돌아가지 않고 어느 한 부분이 고장 나면, 나사 빠진 로봇처럼 삐거덕거리며 여러 일이 틀어진다. 시간과 에너지 관리를 위한 체력을 비워 두고, 무리하지 않는다.

작업과 작업 사이의 시간을 잘 활용해 작업 완성도를 높이는 일에도 집중한다. 계란말이를 할 때는 계란을 깨면서 계란물을 흘리지 않는 연습을 했고 계란물에 가쯔오부시액, 설탕과 생강가루를 넣어 저을 때도 넘치지 않게 조심한다. 계란물을 붓기 전, 프라이팬을 미리 잘 달궈놓고, 계란이 익는 온도일 때 한 번에 부친다. 싱크대를 닦는 시간, 프라이팬을 설거지하는 시간, 남은 음식을 처리하는 데 드는 시간이 나도 모르는 새 줄어있다.

설거지하고 난 그릇은 반드시 행주로 물기를 제거한 다음 수납한다. 물 자국이 남아있는 상태로 보관하면 나중에 그릇에 남은 얼룩을 제거하느라 고생한다. 살림살이를 나의 관리가 가능한 범위로 만들어야 힘들지 않다.

청소는 전체 청소보다 부분 청소를 자주 한다. 창틀에 먼지가 보일 때마다 닦고, 욕실도 어질러진 게 보일 때마다 정리한다. 손은 바빠도 마음이 편해 좋다. 흘러가는 시간을 관리 가능한 내 시간으로 만드는 일은 나만이 할 수 있다. 시간 관리의 궁극적인 목적은 하고 싶은 일에 시간과 마음을 쓸 수 있는 여유를 찾는 것임을 잊지 않는다.

떠오른 글감, 생각들은 휘발성이 강하기 때문에

날아가기 전에 바로바로 메모한다.

메모장은 깨끗한 면이 바로 보이도록 펼쳐두고,

옆에는 펜을 같이 둔다.

WINE
Powder

# Part 4

# 함께,
# 조금씩 자라나는 일

식물은 잎에 구멍이 생기면 생기는 대로, 물이 없으면 없는 대로,
영양소가 부족하면 부족한대로 그 환경에 적응하고 자라나려 애쓴다.
완벽보다 균형을 추구하며 성장한다.
너무 잘하려는 마음을 버리고 일단 해본다.
어제보다 조금 나은 오늘을 목표로 하면 계속할 수 있다.
나를 위하는 일, 나를 향한 믿음이 튼튼한 하루하루를 만든다.

# 식물을 나누는 마음

## 자연스레 쌓인 경험

집에 있는 식물을 세 보니 화원에서 판매하는 식물 단위로 200개 정도였다. 예를 들어 수경재배하는 넓은 화분 안에 작은 포트분이 가로로 네 개 들어가 있으면, 한 개가 아닌 네 개로 쳤다. 벽을 화분으로 바꾼 벽 화분이 있었는데, 24개의 포트분이 들어갔다. 그 화분이 2.5세트가 있으니, 그것만 해도 벌써 60개였다. 3년이 지난 지금은 나무들의 키가 자랐고, 잎도 무성해졌으며 풀들은 포기가 빽빽하게 덩치가 커졌다. 식물의 개체 수는 200개에 조금 못 미치는데, 차지하는 면적은 넓어져 늘어난 것처럼 보인다.

개체 수가 줄어든 이유는 종종 선물도 했고, 일부는 죽어버렸기 때문이다. 식물을 하나도 죽이지 않고 키울 수는 없다. 한 화분 안에서도 어떤 나무들은 더 씩씩하게 줄기를 키우고, 어떤 나무는 말라 죽는다. 얼마 전에도 한 화분에 담겨 있던 홍콩야자 네 그루 중, 두 그루는 키가 1미터 가까이 자랐지만, 가장자리에 있던 두 그루는 말라 죽었다.

식물을 잘 키우기 위해서는 다양한 종류의 식물을 다뤄보고, 직접 분갈이해보고, 물을 말려보고, 흥건하게 적셔도 보며, 벌레에 당해보기도 하고, 장마철, 추운 겨울도 함께 지내보면 된다. 자연스럽게 경험이 쌓인다. 경험을 통해 식물을 잘 키울 확률을 높일 수 있다.

또 그 경험을 나눌 수도 있다. 안경점에 갔을 때, 쇼윈도 앞에서 직사광을 받아 몸을 비틀고 있는 인도고무나무를 만났다. 고무나무는 직사광을 좋아하지 않는다. 자리를 옮겨줄 곳이 있나 안경점 내부를 살펴보니 유리벽 쪽으로 화분 하나 놓을 정도의 공간도 있고, 빛의 양도 충분해보였다. 주인에게 가 조심스럽게 말을 꺼냈다.

"인도고무나무는 잡초처럼 잘 자라는 나무에요. 뜨거운

해가 닿지 않게 안쪽으로 옮기면 다시 싱싱해질 거예요."

주인은 잘 자라라고 햇빛 아래 둔 건데, 이상하게 생각하던 참이라며 기뻐하면서 고무나무 자리를 옮겼다. 식물을 많이 키우다 보니, 실내 식물을 알아보는 눈이 생겼다. 식물의 자리가 눈에 들어올 때도 있고, 분갈이해야 하는 나무가 보일 때도 있다. 아는 것이 힘인 모양이다.

## 오래 키운 식물 나누기

어딘가 빈손으로 가고 싶지 않을 때 식물을 데려간다. 그렇게 데려가는 식물은 공간을 많이 차지하지 않으면서 키우기 까다롭지 않은 것으로 고른다. 최근 들어 자주 선물한 식물은 필레아 페페로미오이데스다. 동글동글한 생김새가 귀여워서인지 선물 받은 이들이 좋아해주었다. 내 손길로 키워 생명이 차오르는 것을 지켜보는 일은 누구에게나 소중한 경험이 된다.

최근엔 오랫동안 입원치료를 받고 퇴원한 고모 댁에 필레아 페페로미오이데스를 데려 갔다. 시간은 이야기를 품고 강처럼 유유히 흐른다. 열여섯에 두 살짜리 막내 동생을 업고, 나머지 세 동생 손을 잡고 피난 갔던 이야기부터 배화여고 교사를 했던 이야기까지 들었다. 계속 일을 하고 싶었는데, 고모부가 싫어해 끝끝내 계속 하진 못했다고. 고모는 늘 어려움이 있었지만 열심히 살았다는 자부심이 있다고 이야기했다. 85살의 나는 내가 살아온 날을 어떻게 이야기할 수 있을까. 삶 이야기에는 귀에 대고 부는 뱃고동처럼 정신을 깨우는 울림이 있다.

호기심 많은 고모는 식물의 이름과 관리법도 계속 물었다. 노트에 굵직한 네임펜으로 '필레아 페페로미오이데스'를 크게 적었다. 이 식물은 끊임없이 자구가 뽕뽕 올라온다. 그걸 잘라 물에 꽂으면 뿌리를 내리면서 하나의 개체로 자란다. 고모에게 선물한 식물은 특히 줄기가 튼튼하고, 360도 고른 간격으로 팔을 뻗은, 잎이 큰 원반으로 풍성하게 잘 자란 녀석으로 골랐다.

3주쯤 지났을까. 고모에게서 필레아 페페로미오이데스 사진이 왔다. 자구를 와인 잔에 담아 키우기 시작했는데 흰색 뿌리가 난 것이 너무 신기하고 예쁘다며 아이처럼 좋아했다. 생명을 틔워내는 식물을 보면, 희망의 기운이 마음을 가득 채운다. 고모 댁에서 나 대신 기쁨을 주고 있는 필레아 페페로미오이데스가 기특하다.

최근 들어 자주 선물한 식물은 필레아 페페로미오이데스다.
내 손길로 키워 생명이 차오르는 것을 지켜보는 일은
누구에게나 소중한 경험이 된다.

# 레이어, 층,
# 밑간의 의미

## 밑간

한식조리기능사 자격증을 준비했었다. 40~50대 여성들이 함께하는 클래스에서 겨우 마흔이 된 나는 막내였다. 경험치를 담은 몸과 몸이 만나는 현장에서는 실력이 고스란히 드러난다. 언니들은 재료를 다듬는 내 손길과 칼질의 속도, 설거지 솜씨를 보더니, 이렇게 하면 잘하게 된다, 저렇게 하면 더 빠르다며 한 개라도 더 도와주려 애썼다. 나는 실력도 막둥이였다.

선생님이 재료를 나눠주면 조장이 재료를 받아온다. 그 동안 조원은 조리 테이블 위에서 받은 재료를 밑손질한다. 내가 감자 껍질을 벗기는 동안 언니들은 벌써 채를 썰고 있거나, 다음 재료를 다듬고 있다.

재료 손질이 끝나 갈 때면 선생님이 그날의 레시피를 시연한다. 요리의 순서와 재료 다듬는 법, 가열 순서를 알려주면서, 동시에 손으로 칼질을 하거나 재료를 볶는다.

선생님에겐 조리 도구가 필요 없다. 선생님은 손가락과 젓가락과 칼로 모든 요리를 해낸다. 조리사 시험은 늘 시간이 부족하므로, 도구를 집었다가 내려놓는 시간도 아깝다. 재빨리 공정을 처리하려면 가능한 한 적은 도구로 해치워야 한다. 그런데, 선생님은 바쁜 와중에도 끊임없이 소금을 조금씩 넣으며 조리한다. 브로콜리를 삶는 물에도 소금 조금, 돼지고기를 재울 때도 소금 한 꼬집.

"밑간이 중요해요. 한 번에 많이 하지 말고, 밑간을 조금씩, 여러 번 하세요."

밑간을 여러 번 하는 것은 과연 어떤 의미일까?

## 여러 번 올리는 색

기억을 남기고 싶어 사진을 찍지만, 아마추어인 내가 찍는 사진엔 왜곡이 있다. 카메라의 각도에 따라, 원근에 따라, 빛의 양에 따라 결과물이 달라진다. 그래서인지 사진으로는, 한 달 전의 내 나무와 지금의 내 나무를 구분하기 어렵다. 그때의 내 마음 역시 정확하게 담기지 않는다. 반려식물들을 그려주고 싶어, 수채화 클래스를 찾았다.

학창 시절에 쓰던 것과 같은 검은색 알루미늄 팔레트를 펴고, 물감의 뚜껑을 여니 심장이 두근거렸다. 튜브에서 나온 물감의 형태는 몸에서 나온 덩어리를 연상시키니, 양감이 물러지도록, 전체가 하나의 덩어리가 되도록 천천히 눌러 짜며, 팔레트 한 칸 한 칸을 가득 채웠다.

식물 수채화도 연필로 밑그림을 그리고, 붓에 물을 묻혀 물감을 녹여가며 그림을 그렸다. 밑그림 전체에 옅은 색을 한 번 입힌다. 완전히 다 마르면 또 한 겹 입히고, 다 마르면 다른 색을 또 칠했다. 그렇게 한 겹, 한 겹 쌓으며 꽃과 잎을 완성한다. 선생님이 색을 여러 번 올리라고 했으니, 만들어 쓴 색은 또 쓸 수 있도록 남겨두는 편이 좋다. 점점 팔레트에 꽃물이 든다.

식물을 그리는 일은 식물의 모양을 세밀하게 그려 기록하는 세밀화의 성격이 강하다. 주로 선을 가늘고 선명하게 표현할 수 있는 색연필이나 연필을 도구로 쓴다. 식물을 색연필로 그리는 보태니컬 아트에 도전했다. 도구는 오월의 꽃밭을 옮겨온 것 같은, 72색 색연필이다. 연필깎이를 돌려 한 개 한 개 돌려 깎으며 색을 즐겼다.

물과 물감, 붓을 쓰는 수채화에 비하면 색연필은 쉬울 것 같았다. 하지만 초보자에게 쉬운 도구란 없다. 색연필 화는 선을 여러 번 그리면서 면을 채워 나간다는 점에서 소묘와 비슷하다. 선 하나하나가 선명하게 지나가야 비로소 형태가 완성된다. 뭉툭해지는 연필 끝은 부지런히 연필깎이로 송곳처럼 깎고, 연필심이 뾰족한 곳을 찾아 돌려가며 그린다. 그래도 선이 자꾸 뭉그러지는 그림을 보면서, 선생님은 강조했다.

"선을 여러 번 올려야 해요. 손이 많이 가는 만큼 좋아져요."

이때 밑간을 여러 번, 색을 여러 번 올리는 것의 의미가 한꺼번에 이해되었다.

## 레이어

'손이 많이 가면 좋아진다'의 의미는 성실하게 시간을 쌓으라는 뜻으로 이해되었다. 실력이 모자란데 빠르게 그리려고 하면 꼼수를 쓰게 된다. 뭉개진 연필의 넓은 면으로 빨리 칠하려다 면이 뭉개진다든지, 급한 마음에 정확한 관찰을 하지 않고 상상 속의 색을 쓰다 보면 실제와 다른 사물이 나타난다. 그러니까, 정확하게 관찰하고 침착하게 실력을 쌓아야 한다.

요리도 재료마다 살짝 소금을 쳐 밑간을 하면 각각의 재료에 간이 배면서 화학적인 변화가 생긴다. 물리적인 시간이 필요하다는 의미로 해석되었다. 여러 개의 재료가 쌓아 올린 시간의 맛을 정성을 들인 맛이라고 표현하기도 한다.

요리를 하거나 그림을 그리거나, 메이크업을 하는 전문가의 손을 볼 때마다 놀라고 만다. 단지 손이 지나갔을 뿐인데 접시 위에는 완성된 요리가 올라가 있고, 종이 위에는 그림이 나타나고, 밋밋한 얼굴은 입체감이 살아있는 배우의 얼굴로 바뀐다. 하지만, 좋은 결과물을 만드는 데는 정직한 시간, 반복이 필요하다.

진짜가 되기 위해서는 끊임없는 자기 노력과 성실, 겸

WINE
Powder

손, 성과 등 많은 추상적 요소가 필요한데, '오랜 시간'도 빠질 수 없다. 과거의 실수가 켜켜이 쌓여 단단한 오늘이 되고, 성실한 오늘이 내일을 이끈다. 레이어가 여러 겹 쌓여 각자의 고유한 건축물이 완성될 거다. 하루하루 성실하게 보낸 티끌 같은 일상을 돌아본다.

# 먹고사는 일에 관하여

## 그 동네의 슈퍼마켓

집은 나에게 최적화된 개인적 공간이다. 그러나 늘 집이 최고라고 생각하면서도, 바득바득 기회를 만들어 기어이 여행을 떠나는 것을 보면 낯선 곳에서 느끼는 자극을 즐기는 모양이다. 무언가를 처음 보고 느낄 때, 깨달을 때는 마치 한 번도 사용하지 않은 몸의 근육을 쓰듯 감각이 깨어난다.

여행지에 도착하면 가장 먼저 재래시장이나 슈퍼마켓을 찾는다. 현지의 '매일'은 장바구니 속에 있다. 암스테르담에서는 '앨버트 헤인'이라는 슈퍼마켓이 눈에 들어왔다. 호텔에서 5분쯤 걸어 도착한 앨버트 헤인은 동네에서 흔히 만날 수 있는 슈퍼마켓 규모다. 살아있는 민트 화분과 거베라, 튤립 같은 식물을 판매하는 진열대가 따로 있다. 튤립 한 단에 3유로 정도로, 우리나라 꽃시장의 도매가격 수준이다. 이런 가격으로 매일 만나는 꽃이라니, 수요가 많아 저렴해진 걸까, 공급이 많아 저렴해진 걸까.

스타일이 꽤 멋진 여성이 꿀 그림이 그려진, 맛있어 보이는 요구르트 컵 두 개를 장바구니에 넣는 걸 보았다. 똑같은 컵을 하나를 바구니에 넣고, 동그란 빵도 따라 담았다. 귤 한 주머니, 물과 우유를 더해 계산했다. 호텔로 돌아와 장바구니 속 내용물을 쏟아, 하나하나 살폈다. 자세히 보니 요구르트엔 꿀 그림 말고도 호두 그림이 그려져 있다. 호두의 고소한 맛과 꿀의 달콤함이 이렇게나 잘 어울릴 수 있다니. 차게 먹으니 호두 아이스크림 못지 않게 맛이 있다.

동그랗고 하얀 빵은 바게트처럼 표면은 바삭한데 딱딱하지 않았다. 처음 접한 맛이었는데 누룽지처럼 구수하기도 했다. 빵 속은 쫄깃하다. 동그란 빵을 가로로 이등분해, 햄과 치즈만 넣어 먹어도 맛있었다. 식재료 하나하나가 맛이 좋다. 동네 슈퍼마켓에서 특별할 것 없어 보이는 빵과 요구르트, 햄과 치즈를 샀을 뿐인데 본연에 충실한 새로운 식재료를 즐기는 기쁨이 꽤 크다.

## 그 땅에서 나고 자란 것

네덜란드에서 그저 '먹고 사는 것'으로만 보이던 이것저것이 조금씩 다르게 보이기 시작했다. 네덜란드는 바다를 막아 만든 나라다. 바다의 수면보다 낮은 땅은 습기를 많이 품고 있다. 그런 땅에서 잘 자라나는 것이 꽃과 식물이기 때문에, 네덜란드는 전 세계 생화 시장의 52%를 공급할 정도로 화훼와 원예가 발달한 나라다.

이 사실을 다시 들여다보면, 네덜란드는 줄기를 잘라낸 꽃의 신선도가 유지되는 동안 하루나 이틀 안에 전 세계에 식물을 공급할 정도로 치밀한 물류, 항공 운송 시스템도 갖추고 있다는 것을 알 수 있다. 오렌지색을 회사 아이덴터티로 쓰는 유명 물류회사 TNT가 네덜란드 기업이다. 기후와 풍토는 먹고 사는 일에 크게 영향을 미친다.

우리나라는 봄, 여름, 가을, 겨울 모두 다른, 나름대로 매력적인 기후를 만끽할 수 있다. 각 계절의 아름다운 시기가 짧아, 때를 놓치면 일 년을 기다려야 하니 마음이 급해진다. 빨리빨리 문화는 여기서 시작된 것일 수도 있겠다.

봄, 여름에는 쑥부터 깻잎, 호박잎, 고추 같은 채소들을 소금물에 담가 장아찌로 만들어 저장하고, 장을 담근다. 가을이 오면 호박이나 무 같은 채소를 바짝 말려 나물을 만들고, 절인 배추로 김장을 해 긴 겨울을 준비한다. 그때그때 해야 할 일들이 있어 바지런 떨게 된다. 겨울엔 추위가 독하니, 아궁이로 밥을 지으면서 생긴 에너지를 다시 방을 데우는 용도로 사용한다. 온돌방의 원리다. 요즘엔 침대 생활을 하며 바닥을 데우고, 다시 침대에 온수매트를 깔아 에너지를 이중으로 쓴다.

사계절의 아름다움을 만끽하는 대신, 손이 많이 가는 생활을 하기도 한다. 봄, 여름, 가울, 겨울의 옷 관리를 달리 하고, 스웨터, 반소매, 민소매 옷부터 셔츠에 패딩점퍼와 코트까지 비교적 넉넉한 개인 옷장도 필요하다.

지역에서 난 것을 먹고, 저장하며 기후에 맞춰 사는 것은 우리의 일상을 지배하는 인문학이다. 먹고 사는 것에 생활의 본질이 있고 기후와 풍토에서 시작되는 문화, 그에 따른 철학이 생겨나는 것도 재미있다. 문화를 이해하는 것은 먹고 사는 방식을 기꺼이 이해하는 것이다.

동네 슈퍼마켓에서 특별할 것 없어 보이는

빵과 요구르트, 햄과 치즈를 샀을 뿐인데

본연에 충실한 새로운 식재료를 즐기는 기쁨이 꽤 크다.

# 여행을
# 즐기려면

## 재래시장에서 만나는 풍토

휴양지에서 편히 쉬다 오는 것을 여행으로 여기는 사람도 있고, 여기저기 돌아다니며 뭔가를 보는 걸 좋아하는 사람도 있다. 휴식과 관광 중 굳이 하나를 고르자면 나는 후자 쪽에 가깝다. 여행지에 가면 재래시장, 식물원, 박물관, 미술관은 꼭 일정에 넣는다. 현지의 기후가 땅의 성분을 만들고, 그곳에서 많이 생산되는 재료를 중심으로 식생활이 만들어진다. 문화 역시 풍토에서 빚어지니, 땅에서 나는 것들에 대한 탐색을 하면서 여행을 즐긴다. 재래시장을 다니며 눈치껏 길거리 음식을 찾는 재미도 쏠쏠하다.

치앙마이는 태국 북부 고산지대에 위치하고 있기 때문에 야채들의 맛이 진하다. '고랭지 배추가 맛있는 강원도'와 비슷하다. 맛있는 풀을 먹고 자란 동물이 만드는 햄, 치즈, 달걀, 우유의 맛도 훌륭하다. 치앙마이 외곽의 도이 인타논 국립공원은 영화 아바타의 모티브가 되었을 정도로 숲의 분위기가 신비롭고 아름답다.

치앙마이에 가면 재래시장 장보기부터 시작하는 태국 요리 클래스도 참여해볼 만하다. 야채와 생선을 손질해 피라미드처럼 쌓아 진열한 모습이 인상적이었다. 그 크기와 간격에서 통일과 비례, 균형에 대한 강박이 느껴졌다. 재래시장에서 만나는 디자인 강박이라니. 치앙마이에 예술가들이 많이 거주한다는 사실을 알고 나니 이해가 됐다.

태국 왕실은 '로열 프로젝트'라는 이름으로 치앙마이 대학의 다양한 디자인 사업을 후원한다. 이 대학 출신들은 치앙마이에 남아, 생활과 일을 함께하는 독특한 공동체를 형성한다. 반캉왓이나 펭귄 빌라 같은 공간이 바로 그것이다. 공간도 아름답지만, 무엇보다 예술가들의 독특한 감성이 느껴져 매력적이다. 야외에서 즐기는 반캉왓의 주말 마켓은 하루를 보내도 아깝지 않다.

치앙마이 재래시장에서는 여러 가지 야채를 고무줄로 묶어 파는 집을 여러 곳 볼 수 있었다. 처음 보는 형태라 물어 보니, 국물내기용 야채모음이라고 했다. 레몬그라스, 타머린, 생강을 닮은 가랑갈, 바질, 라임나무 잎이 묶여 있었다. 태국 음식의 독특한 향은 이 야채들을 우린 육수에서 시작된다.

태국 음식에서 찾을 수 있는 시큼하고 달콤하면서 레몬향이 나는 향신료는 틀림없이 레몬그라스다. 익숙하지 않으면 세제 맛처럼 느껴지기도 한다. 레몬그라스가 갖고 있는 시트럴 성분은 식중독 예방에 도움이 된다. 날씨가 더우면 음식이 잘 변질되니, 음식마다 레몬그라스를 쓰는 이유가 있다.

## 향신료 탐구생활

현지의 음식을 자연스럽게 먹으려면, 평소 먹는 음식에 향신료를 조금씩 넣어 입맛을 미리 길들이는 방법도 있다. 향이 거의 느껴지지 않을 정도로 조금씩 넣기 시작한다. 이렇게 조금씩 늘리면 곧 맛있게 먹을 수 있다. 여행을 떠날 때마다 라면과 고추장을 챙기지 않아도 될 가능성이 매우 높아진다.

향신료가 재미있는 것은 처음에는 거부감이 느껴져도, 두 번째 먹을 땐 그런대로 먹을 만해지고, 세 번 먹으면 금세 익숙해진다는 것이다. 세 번이 넘어가면 오히려 가끔 먹고 싶은 음식으로 변신하기도 한다. 우리는 육수를 낼 때 파, 양파, 마늘을 주로 쓰지만 프랑스나 이태리에서는 타임, 파슬리, 샐러리, 월계수 잎을 넣어 국물 맛을 내고, 태국에서는 레몬그라스, 생강 모양을 닮은 가랑갈, 카피르 라임 잎을 넣어 육수를 만든다. 중국 요리에는 회향, 정향, 팔각이 많이 쓰인다. 쌀국수에 많이 넣는 고수는 전 세계적으로 쓰이는 허브다. 그러니까, 겨우 몇 가지의 허브만 먹을 수 있어도 전 세계의 음식을 즐길 수 있다.

늘 시간에 쫓기는 나는 조리 단계가 한 두 단계에 그치는, 엔트리 수준의 요리를 자주 한다. 평이한 요리 레벨을 커버하기 위해 다양한 국적의 메뉴를 선보이는 전략을 쓴다. 샌드위치에는 바질 페스토를 발라 향을 즐기고, 토마토 소스를 만들 땐 타임, 파슬리, 월계수 잎을 넣어 끓인다.

파스타엔 파르마산 치즈를 갈아 얹어 꼬리꼬리한 치즈

Kräuter
Provencial

향에 노출시킨다. 쌀국수 국물에는 기본적으로 팍치(고수)를 조금 넣어 우리고, 접시에 수북하게 담아 은근히 더 먹어보라 권하기도 한다. 프렌치 토스트 달걀 물엔 넛맥을 살짝 넣는다. 피자를 구울 땐 살라미에 루꼴라를 얹는다.

팔각과 정향 향에 익숙해지려면 와인을 끓여 만드는 뱅쇼를 즐기는 게 좋다. 먹다 남은 와인을 활용하기에도 좋다. 레드 와인에 오렌지, 사과, 팔각, 정향, 계피를 넣고 약한 불에 끓이면 알콜 성분이 날아간다. 유럽에서는 감기에 걸리면 뱅쇼를 따뜻하게 데워 먹기도 했다. 달콤해서 아이들도 좋아한다. 크리스마스와 잘 어울리는 음료기도 하다.

여러 음식을 다양하게 즐기는 재미는 다양한 문화를 편견 없이 받아들이는 태도와 맞닿아있다. 국적이 다른 음식을 있는 그대로 받아들이고, 새로운 것에 대해 열린 호기심을 가질 때, 문화에 대해서도 같은 방식의 접근이 가능하다. 국경도, 세대도 넘나드는 자유로운 세계관을 갖고 싶다면 먼저 세계의 음식을 거부감 없이 즐겨보자.

# 따뜻하게, 여유롭게,
# 암스테르담

## 네덜란드의 라이프스타일

무엇인가를 배울 때는 원재료에 대한 갈증이 생긴다. 그림을 배울 때는 물감에, 양재를 배울 때는 옷감에, 베이킹을 배울 때는 밀가루와 설탕에 관심 가졌다. 꽃꽂이를 배울 때도 마찬가지였다. 원재료인 꽃에 집중했다. 동그란 꽃망울이 피며 벌어지기 시작하면 풍성한 향을 풍기는 작약, 샛노란 튤립, 겹꽃처럼 보이는 잎이 흐드러지게 피는 오스틴 장미 같은 꽃을 함께 꽂아 결과물을 보고 싶어지지만, 꽃이 피는 시기가 모두 다르기 때문에 좋아하는 꽃들을 모아 한꺼번에 써 보는 것은 불가능한 일이다.

이미지를 검색하다 발견한 그림 속엔 서로 다른 계절에 피는 튤립, 모란, 국화 같은 꽃들이 함께 만개해 있었다. 작가의 상상력으로 화폭에 담은 것이었다. '꽃의 화가'라 불리는 얀 브뤼헐의 작품들을 보고 있으면 탄산수를 들이킨 것처럼 속이 시원하고 후련했다. 직접 보고 싶은 이 그림들은 네덜란드 국립미술관에 가면 볼 수 있다.

네덜란드 여행을 마음먹고 찾아보니, 암스테르담에 있는 레이크스 미술관이 가장 먼저 눈에 들어왔다. 암스테르담엔 데이비드 호크니가 드로잉을 가장 잘하는 화가로 꼽은 램브란트의 집이 있고, 반 고흐 뮤지엄과 안네의 집이 있다. 또 튤립 축제인 퀴켄호프, 세계에서 가장 오래된 후토스 식물원도 있다. 게다가 국립공원 속 미술관인 크뢸러 뮐러 미술관과 유럽에서 가장 규모가 큰 시장, 질렌할 벼룩시장도 만날 수 있다.

마침 반 고흐 뮤지엄에서는 좋아하는 작가 데이비드 호크니의 기획전이 계획되어 있었다. 알고 보니 존 레논과 오노 요코의 평화 시위가 있었던 호텔도 바로 암스테르담의 힐튼 호텔이다. 즐겨보던 잡지 〈프레임FRAME〉, 디자이너 브랜드 모이Moooi, 매일 사용하는 블렌더 필립스 알고 보면 가까운, 내가 좋아하는 것들과 맞닿아 있는 네덜란드였다.

여행을 준비하며, 《일상이 축제이고 축제가 일상인 진짜 네덜란드 이야기》, 《암스테르담》, 《네덜란드 벨기에 미술관 산책》 등 늘 그랬듯이 네덜란드에 관한 책을 찾아 읽었다. 책으로 만난 네덜란드 사람들의 라이프스타일은 간소하고 실용적이며 합리적이었다. 햄과 치즈만을 넣은 빵을 주식으로 삼고 아이들과의 대화에 힘쓰며, 동성 간 결혼이 합법적으로 이루어지고, 안락사를 허용하는 나라였다. 또 네덜란드는 농부의 집에도 진품 그림이 걸려 있다는 이야기가 있을 정도로 예술과 가까이 지내는 나라다.

## 자연과 예술, 콘텐츠와 커머스

우리나라 영토의 반만 한 네덜란드에는 400개가 넘는 박물관이 있다. 풍차박물관 잔스칸스를 가기 전, 먼지가 보이는 옛날 물건들이 유리 쇼케이스 안에 있는 모습을 상상했다. 비슷한 풍차들을 보는 시간으로 빠듯한 일정을 채우는 것이 아까웠다. '암스테르담 시티카드'는 주요 박물관과 미술관 무료입장 기능에 교통 카드 기능을 더한 프리패스 카드다. 암스테르담 시티카드를 이용하니 풍차 박물관도 따로 입장료를 부담하지 않고 가볼 수 있었다. '네덜란드에 왔는데 풍차는 봐야지' 하며 박물관으로 향했다.

풍차 박물관에 들어선 순간, 깜깜한 내부에서 갑자기 무대 조명 장치 같은 불빛이 번쩍이고, 뮤지컬 같은 음악이 들렸다. 작은 스크린 여러 개가 풍차가 만들어낸 치즈, 초콜릿, 밀가루의 생산 과정을 보여준다. 풍차라는 역사적 소재에 멀티미디어를 입힌 전시 방식과 스토리텔링이 매우 섬세했다. '바람을 이용한 공장, 풍차'를 인상적으로 보여주고 있었다.

암스테르담 국립 박물관, 램브란트의 집, 반 고흐 박물관, 안네의 집 등 모두 20~30유로의 입장료로 잘 관리된 콘텐츠를 볼 수 있었다. 콘텐츠의 수준, 운영 방식도 완벽했다. 콘텐츠와 커머스가 결합한 좋은 예였다.

암스테르담에서 조금 멀어 돌아오는 날까지도 갈지 말지 망설인 크뢸러 뮐러 미술관은 우버로 한 시간 정도 걸렸다. 입구 주차장부터 미술관까지 자전거를 타고 약 30분 정도 이동하는 길이 있는데, 브레이크가 없는 네덜란드 식 자전거를 무료로 빌려준다. 얼떨결에 타게 된 낯선 자전거의 승차감이 꽤 안정적이었다.

국립공원을 지나는 길에는 나무 냄새, 풀 냄새가 뭉게구름처럼 피어난다. 자전거를 타고 나무 사이를 지나가면 마치 극사실주의 영화 속 주인공이 된 것 같아 근사한 기분이 든다. 국립공원을 캔버스 삼아 자리 잡은 조형물 하나하나가 아름답다. 곳곳에 오감을 만족시키는 라이프스타일이 있었다. 아주 어린 아이들도 보조 바퀴가 없는 두 발 자전거를 타고, 백발의 노인도 자전거를 탄다. 비가 오는 날, 눈이 오는 날에도 자전거를 타는 네덜란드 사람들의 단단한 몸, 즐거운 표정을 여행하는 내내 볼 수 있었다.

여행 중반이 되어갈 때쯤, 박물관과 교통시설을 무제한 이용할 수 있는 시티카드를 잃어버렸다. 아름다운 암스테르담에 더 오래 있지 못하는 아쉬움과 속상함이 뒤섞인 눈물이 차올랐다. 그때, 슈트를 입은 남성이 다가와 괜찮은지 물었다. 낯선 이방인의 안위를 진심으로 걱정하는 눈빛에 마음이 녹고 말았다. 자연과 예술을 사랑하기 때문일까. 네덜란드 사람들과 네덜란드, 참 따뜻하고 여유롭다.

국립공원을 캔버스 삼아 자리 잡은

조형물 하나하나가 아름답다.

곳곳에 오감을 만족시키는 라이프스타일이 있었다.

# 문화는 우리 동네에서 시작된다

## 베란다 텃밭 가꾸기

아파트 베란다에서도 채소를 심을 수 있다는 사실을 알게 되었을 때, 텃밭용 화분이 아닌 스티로폼 박스에서도 채소는 충분히 잘 자란다는 정보도 입수했다. 내가 기른 채소를 바로 따 먹는 로망을 실현할 계획을 세워 행동에 옮겼다. 바로 스티로폼 박스를 주워 와, 베란다에 이열 횡대로 배열해두고, 인터넷으로 흙을 주문했다. 좋아하는 루꼴라, 바질, 고수, 깻잎, 로메인 씨를 샀다. 루꼴라와 바질 모종을 사 키운 적은 있어도 씨앗부터 심는 건 처음이었다.

상추를 닮아 제일 만만해 보이는 로메인 씨앗 한 봉지를 스티로폼 박스에 전부 뿌렸다. 파종한 날부터 언제 싹이 트나, 하루에도 몇 번씩 흙 사이로 떡잎을 찾아본다. 씨 뿌린 자리에서 다글다글하게 싹이 튼 로메인은 조금 징그러웠다. 서로 맞닿은 채로 그냥 두면 실컷 자라지 못해 솎아주어야 한다. 잘 자라는 걸 몇 개 남기고, 나머지는 뽑아버렸다. 로메인은 잎이 4개쯤 되었을 때, 흙에서 뭔가 꿈틀거리는 게 보였다. 혹시 벌레인가? 잘못 본 거겠지, 외면했다. 벌레를 어떻게 해야 하는지 아는 바가 없었다.

집 안에 처음 보는 까만 생명체가 날아다니기 시작했다. 초파리보다 움직임이 빠르고 경박했다. 몸체는 색의 편차 없이 전부 검은색이었다. 특히 날개와 다리의 끝이 뾰족하게 날카로운 라인을 갖고 있다. 인터넷에 검색해보니 식물의 뿌리를 먹고 자라는 '뿌리파리' 모양과 같았다. 뿌리파리가 생겼을 때에는 마요네즈를 희석한 물을 주어라, 화분 가장자리에 테이프를 둘러 파리 잡는 끈끈이처럼 만들어 잡아라, 감자를 잘라 흙 위에 올려 두면 벌레가 먹으러 오니 그때 잡아라 등 뿌리파리를 잡는 여러 방법이 인터넷에 나와있었다. 모든 방법을 동원해보았다. 먹을 것이니 농약으로 방제하고 싶진 않았다.

그러나 뿌리파리는 사라지지 않았고, 오히려 더 많아져 집안 곳곳에 흔적을 남기기 시작했다. 화분 받침대부터 화장실, 주방 개수대, 베란다 수돗가 등 물기가 있는 곳에 뿌리파리의 사체가 널브러져 있었다. 로메인의 흙을 파보니, 뿌리파리 애벌레 떼가 잔뜩 있었다.

그날 밤, 포털 사이트 메인화면에 경기도에 뿌리파리가 창궐하니 농작물 피해에 주의하라는 뉴스가 떴다. 멀쩡해 보이던 로메인을 살짝 들어보니 벌러덩 들렸다. 뿌리가 사라지고 없다. 내가 애지중지하던 식물을 망치다니. 흙을 그냥 버리면 뿌리파리가 더 많아질 것이었다. 모르는 척, 뿌리파리 애벌레가 뒤섞인 흙을 전자레인지에 넣고, 20분을 돌려 바짝 말렸다.

## 문화는 지역의 풍토에서 비롯된다

이 뿌리파리 사건은 내가 '지역'에 대해 생각해 보는 계기가 되었다. 그저 스티로폼 상자 몇 개 놓고, 푸성귀 몇 줄기 키워 먹기 위해 가꾼 텃밭이 있는 아파트가 경기도에 있었고, '경기도 뿌리파리 피해'가 내 집 베란다도 할퀴고 지나갔다. 심심풀이로 가꾼 텃밭, 로메인이어서 괜찮았지만 로메인을 키우는 농장의 주인에게는 치명적인 사건이었다. 농사를 잘 지으려면, 그 지역에서 가장 오래된 농부를 찾아가라는 말이 있다. 우리 집 근처에 첫 서리와 마지막 서리가 언제 내렸는지, 농사를 지을 땅의 특성을 알 수 있기 때문이다. 그에 맞는 작물과 가공법이 따로 있다. 땀 흘려 경험으로 체득한 농부의 이야기는 주변 환경을 파악할 수 있는 가장 정확한 정보다.

동네 화원에 가보면 화원마다 취급하는 상토와 거름의 종류가 다르다는 사실을 알 수 있다. 여러 이유가 있겠지만 지역별로 기후와 토양의 특성이 다른 것이 주된 이유다. 기후와 토양 조건에 따라 논과 밭에 심는 작물이 달라지기 때문이다. 강원도는 고랭지 배추로 유명하고, 대구는 분지 지형 때문에 사과 산지를 이루고 있다. 남쪽에서는 애플망고, 파인애플 같은 열대과일이 재배된다.

네덜란드가 튤립, 화훼농업이 발달한 이유는 바다를 막아 만든 축축한 땅에서 고부가가치를 올릴 수 있는 작물이 꽃이기 때문이다. 일 년 내내 비슷한 기후를 보이는 영국에는 정원 문화가 발달했다. 독일 모젤 지역이 아이스 와인으로 유명해진 이유 또한 풍토와 맞닿아 있다. 포도를 다 따기 전에, 서리를 맞아 얼었다 녹았다 하며 당도가 높아진 포도로 와인을 만들기 때문이다.

풍토는 문화를 만들어내고, 사고방식과 생활방식에도 영향을 준다. 고층빌딩 하나 없는 캘리포니아 오렌지카운티에서 한 달 머물렀을 때는 마음속 날이 선 스카이라인도 지평선을 따라 넓게 펴지면서 편안해졌다. 크륄러 묄러 미술관으로 가는 길, 평평한 땅이 이어지는 네덜란드 고속도로에서도 차분해지는 마음을 만날 수 있었다.

일 년 내내 같은 옷, 같은 살림살이로 살 수 있는 지역의 여유를 우리나라에서는 갖기 어렵기도 하다. 대신 봄에 피는 매화를 시작으로 벚꽃, 개나리, 진달래, 아카시아가 피어나고, 여름의 빼곡한 나뭇잎이 짙어지나 싶을 때 물기가 바짝 마른 빨강, 노랑 가을 단풍이 이어진다. 나뭇가지만 남은 메마른 겨울엔, 눈이 내려앉고 다시 꽃을 피운다.

기후와 풍토는 어떻게든 개인의 삶에 영향을 미친다. 문화는 같은 풍토에서 나고 자란 사람들이 지니는 공통의 정서라 할 수 있겠다. 건강한 숲은 잡초부터 상록침엽수까지 다양한 품종의 식물이 층을 이루며 공생한다. 그래야 토양 속 미생물의 종류도 다양해지고, 서로 도움이 되는 물질을 주고받으며 건강해진다. 서로의 다양성을 수용하며 있는 그대로의 모습으로 함께 살아가는 것. 식물이 가르쳐주는 초록의 효용은 어디에나 있다. 식물을 키우고 나눠 지속가능한 환경을 만들고, 건강한 마음과 사소한 실천을 쌓아올려 꽉 채우는 하루를 생각해본다.

# 식물 보듯 나를, 우리를 돌보는 일

이 책을 쓰는 동안 박완서 선생께서 남긴 마지막 세 권의 수필집 《호미》, 《못 가본 길이 아름답다》, 《세상에 예쁜 것》을 되풀이해 읽었다. 김점선 작가의 산문도 함께 읽었다. 통찰력이 느껴지면서도 사람을 향한 따뜻함이 서린 두 천재의 책을 읽으면서 사람이 떠난 뒤 남아있는 글이 주는 위로에 대해 생각했다.

작가로서 세 번째 책이다. 또 다른, 다음 기회의 소중함을 생각하게 된다. 이 책이 마음에 따뜻하게 스며드는 건강한 에너지로 작용하기를 바라는 마음이다. 또 책을 읽고, 행동을 돌아보고 기꺼이 수정하는 노력을 함께 해준 독자께 감사하다. 조금씩 성장을 이루는 각자의 삶이 숲처럼 건강한 사회를 만들 것임을 믿어 의심치 않는다.

일본의 라이프스타일 책을 보면서 '이렇게 소소한, 개인적인 경험도 책으로 쓸 수 있구나' 싶을 때가 종종 있었다. 사소하지만 중요한 문제를 해결한 경험을 기록해 다른 이들과 공유하는 글이 꽤 촘촘했고 깊이 와 닿았다. 우리나라에도 자신만의 경험을 가진 이들이 정리하고 기록해 나누면 좋겠다. 내가 경험한 이야기가 비슷한 처지에 있는 누군가에게 위로가 되고 도움이 될 것이 분명하다. 내게도 잘사는 방법에 대해 묻는 이들이 꽤 있다. 삶에는 정답이 없다. 독자께서도 좋다고 여겨지는 것만 취해주면 좋겠다.

기꺼이 초고 읽는 수고를 해준 준서에게 고맙다. 엄마가 글을 쓰는 동안 고생했다고 말해주며 이내 촉촉해지는 눈을 보았다. 힘 들인 일은 익숙해지고, 성장의 거름이 된다는 사실을 알아주면 좋겠다. 함께 성장하려 발맞추고 도와주는 제영이, 합류해줘 고마운 다혜, 글을 부탁해준 여인영 편집자님, 늘 응원을 아끼지 않는 가족들과 친지들, 친구들, 그리고 늘 베풀어주는 식물들에게 감사 인사를 전하고 싶다.

# 초록이 가득한 하루를 보냅니다

식물 보듯 나를 돌보는 일에 관하여

**초판 1쇄** 2020년 1월 5일

**지은이** 정재경
**책임편집** 여인영
**마케팅** 김형진 김범식 이진희
**디자인** 김보현 김신아

**펴낸곳** 매경출판㈜ **펴낸이** 서정희
**등록** 2003년 4월 24일(No. 2-3759)
**주소** (04557) 서울시 중구 충무로 2(필동1가) 매일경제 별관 2층
**홈페이지** www.mkbook.co.kr
**전화** 02)2000-2634(기획편집) 02)2000-2636(마케팅) 02)2000-2606(구입 문의)
**팩스** 02)2000-2609 **이메일** publish@mk.co.kr
**인쇄 · 제본** ㈜M-print 031)8071-0961
**ISBN** 979-11-6484-068-7(03810)

책값은 뒤표지에 있습니다.
파본은 구입하신 서점에서 교환해 드립니다.

이 도서의 국립중앙도서관 출판예정도서목록(CIP)은 서지정보유통지원시스템 홈페이지(http://seoji.nl.go.kr)와 국가자료공동목록시스템(http://www.nl.go.kr/kolisnet)에서 이용하실 수 있습니다.
(CIP제어번호: CIP2019050954)